녹색 갈증

트리플

녹색 갈증

1
3

TRIPLE

최미래 소설

차례

프 롤 로 그

그날은 어린이 피아노 대회에 나가는 날이었다. 대회는 그냥 수식어일 뿐이고 학원에서 개최한 작은 음악회에 불과했다. 엄마는 아이들 옷 입히는 데 영 센스가 없었다. 나는 쨍한 빛깔의 청록색 원피스에 연두색 긴 양말을 신었다. 양말에는 발목에서부터 넝쿨이 자라난 듯 구불거리는 빨간 곡선이 그려져 있었다. 언니는 내 옷차림을 보고 발에서 불이 나는 것 같다고, 외계에서 온 식물 같다며 놀렸다. 덕분에 화려한 의상들 사이에서도 제일 눈에 띄었다. 하지만 나는 그날의 내 옷을 제대로 기억하지 못했다. 대회 전날 밤부터 극도의 긴

장감과 들뜬 기분 탓에 시간이 어떻게 흐르는지 알 수
없었다. 연주곡은 단순한 멜로디였다. 하지만 그때의
내 머릿속에는 웅장한 음악이 영원히 끝나지 않을 것처
럼 재생되고 있었다. 나는 학원에 다니는 아이 중에서
도 어린 축이었고 떨리는 마음으로 정신없이 피아노 앞
에 앉았다. 엄마는 그날을 회상하며 이렇게 말했다.

누가 들어도 쉬운 곡을 연주하는 애가 제일 복
잡하고 어려운 곡을 연주하는 것마냥 인상을 잔뜩 찌
푸렸어. 너는 취한 듯이 피아노를 쳤어. 건반도 보지 않
은 채로. 도대체 왜 피아노를 눈을 감고 치냐고. 그리고
엄청 빠르게 쳤어. 쟤가 뭘 연주하는지 모를 만큼 박자
를 다 무시하면서 세상에서 제일 빠르게. 피아노는 속
도 싸움이 아닌데도 그랬어. 다들 너무 놀라서 박수 치
는 것도 까먹고 앉아 있는데 너는 자기 연주에 만족했
나 봐. 활짝 웃으면서 공수 인사를 하더라고. 진짜 웃겼
어. 네 언니가 뭘 쳤는지는 기억 안 나는데 너는 정확히
기억나. 웃겨가지고. 도대체 무슨 생각이었냐.

나는 내가 뭘 쳤는지 기억나지 않았다. 그저 건
반을 두드리는 동안 꽃비가 내렸다. 쏟아지는 꽃송이가
뺨과 손등을 스치는 감각이 생생했다. 능소화, 파란 장

미, 안개꽃 따위가 폭우처럼.

　　이때의 일화는 완전히 까먹고 살다가 한번 꿈에 등장한 이후 종종 꾸게 되었다. 꽃이 아니라 녹슨 바늘이나 공과금 고지서, 다코야키 위에 올라간 가다랑어포가 쏟아지는 등 그 형태가 자꾸만 변형되었다. 작은 강당에서 무대를 바라보는 검은 실루엣들과 시야를 가리며 무대 위로 떨어지는 온갖 것들. 꿈에서 깨고 나면 심장이 빠르게 뛰었다. 엄마 말마따나 세상에서 제일 빨리 대결을 마친 사람처럼. 나는 잠에서 완전히 깰 때까지 눈을 감은 채 제대로 기억나지 않는 어린 시절 꿈을 왜 자꾸 꾸는지 허탈해하다가 평소와 같이 무감한 상태로 돌아왔다. 하지만 그 꿈을 꾼 날에는 자동으로 윤조가 떠올랐다. 내게 이 꿈은 윤조를 불러오는 신호 같았다. 어쩌면 윤조를 보고 싶을 때마다 나의 무의식이 꿈을 불러내는 걸지도 몰랐다. 나는 이불을 걷고 침대에서 내려와 부실한 아침을 먹으면서, 내가 지금 여기에서 별 탈 없이 재미도 없고 가치도 없고 바라는 바도 없는 상태로 살고 있음을 되새겼다. 그러면 마음이 안정되었고 다시금 윤조를 생각하지 않는 일상으로 복귀할 수 있었다. 나의 사랑 윤조. 너는 나를 흥미진진하고 두

근거리게 만들지만 사랑은 언제나 나를 망쳐왔다. 나는 오랫동안 문득문득 윤조를 불러내고 다시 없애버리는 일에 시달렸다. 정확히 말하자면 윤조가 내 머릿속을 지배하지 못하도록 막는 일에 몰두했다. 최대한 윤조 생각을 하지 않으려 노력했다. 그건 생각보다 쉬웠다. 청소하기, 밥 먹기, 기분이 가라앉지 않도록 애쓰면서 생활비 벌기 등 현실을 꾸려가는 일에는 생각보다 큰 에너지가 들기 때문이다. 나는 윤조를 놓아버리고 안정적인 마음 상태와 선명한 미래를 그리기로 결심했다. 당연하게도 그 선택의 결과가 이렇게 시시한 삶인지는 알지 못했다. 알았다고 하더라도 내가 윤조를 잡을 수 있었을까. 사실 윤조는 내가 놓아준 게 아니라 놓쳐버린 쪽에 가깝지 않나. 아무튼 피아노 대회 꿈을 꾼 날에는 깨어 있는 내내 윤조가 머릿속에 따라붙었다. 어린이의 모습에서 중학생, 성인, 중년, 노인의 모습으로 외형이 바뀌어가면서. 집 안을 환기한 후에 유리창을 닫을 때면 생기 없는 나의 얼굴이 비쳤다. 죽은 얼굴. 겨우 잠재워두었던 윤조를 우연히 다시 만나, 마지막으로 보았던 며칠 동안의 기억이 그 위로 빠르게 지나갔다.

나는 '똥인지 된장인지 굳이 먹어봐야 아는 사람' 중에 '똥' 역할이었다. 사람들은 어딘가 독특한 기척을 맡고 내게 다가왔다가, 특별한 능력도 매력도 없다는 것을 알고 망설임 없이 떠났다. 그런 경험이 몇 번이나 반복되었다. 나는 스스로 특별한 축이라고 여기며 살았는데, 사실은 별게 아니었다는 걸 인정할 수밖에 없었다. 그도 그럴 것이 잘하는 것도, 가진 것도 없었으니까. 사람을 만나는 것만은 잘해내고 싶었으나 마음먹은 것 중에 가장 어려운 일이었다. 가만히 앉아 있으면 사람들은 저절로 붙었다가 떨어져 나갔다. 그때마다 하루에도 수십 번씩 창밖의 날씨가 바뀌었다. 특별한 사람에서 특별하지 않은 사람으로, 평범한 줄 알았으나 이상한 사람으로 변모하는 과정은 정해진 순서처럼 착착 진행되었다. 나는 아무것도 아닌 게 되어버렸어 윤조야. 내 업보였다.

윤조와 항상 붙어 다니던 시절이 있었다. 뭐가 그렇게 재밌던 건지 기억은 잘 나지 않는다. 그저 윤조와 함께 있으면 살아 있다는 느낌이 들었다. 땀이 솟은 팔과 등, 그 위로 부는 바람, 물이 목구멍으로 넘어가는 감각 같은 게. 윤조만 바라보는 동안 가족, 다른 친구 등

인간관계는 단절되었다. 성적도 살아가는 모양도 엉망
이었다. 윤조와 함께 있는 게 너무 즐거워서 내게 미래
라는 시간이 있다는 걸 잊어버렸다. 어느 날 언니는 나
를 세워두고 두 팔을 잡은 채 이렇게 말했다.

　　　정말 이렇게 사는 게 네 선택이니? 네가 원하던
게 이런 건지 잘 생각해봐.

　　　언니 말이 맞았다. 나는 훌륭하게 살 생각은 없
었지만, 다양한 것들을 경험하며 살고 싶었다. 윤조와
그냥저냥 지내는 건 불가능했다. 하려면 제대로 해야
지. 그런 마음으로 윤조와 연을 끊었다. 생각보다 쉬운
일이었다. 나는 어느 순간 윤조를 생각하지 않았다. 언
제든 손만 뻗으면 쉽게 닿았던 윤조는 기척조차 사라졌
다. 아무래도 편안하고 지루한 삶이 적성에 맞는 듯했
다. 잊고 있던, 혹은 잊었다고 믿었던 윤조가 내 눈앞에
나타난 건 내가 별 볼 일 없는 사람이라는 걸 완전히 받
아들일 수 있게 되었을 때쯤이었다.

　　　카페는 조용했고 창밖으로 보이는 하늘은 맑았
다. 구름이 느리게 흘렀다. 거짓 같은 날씨. 이런 날이
지속된다면 행복할 수 있을까, 과연. 나는 책과 창밖을
번갈아 보다가 생각에 잠겼다. '잊었다'와 '잃었다'는 같

은 뜻인지도 몰라. 앞에 뭘 대입하느냐에 따라 전혀 다
른 뜻이 될 수도 있고. 그러는 동안 카페를 지나던 윤조
와 우연히 눈이 마주쳤다. 그냥 지나치는 것 같았는데
뒷걸음질로 되돌아온 윤조는 창을 사이에 두고 나를 빤
히 바라보았다. 내가 맞는지 확인하는 것 같았다. 나는
창 가까이 다가갔다. 네가 나를 헷갈려 해도 내가 윤조
너를 잊을 수야 없지. 인파가 넘치는 거리에서도, 나는
단박에 너를 발견하고 팔목을 붙잡을 자신이 있으니까.
나는 손을 들어 인사를 한 뒤 두 번째 손가락을 천천히
뱅글뱅글 돌렸다. 보이지 않는 실을 감아 윤조를 잡아
당기는 것처럼. 힘이 잔뜩 실린 검지가 뻐근했다. 슬며
시 번지는 입가의 미소. 나는 윤조가 먹을 청귤에이드
를 주문했다.

    너는 여전히 손톱이 길구나. 나는 너의 손톱을 깎
아주는 사람이 되고 싶어졌다. '어떠어떠한 사람'에서
'어떠한'은 많을수록 좋지만 쉽게 가질 수 있는 건 아니
지. 너의 손톱을 깎아주는 사람은 수식이 꽤 길어서 마
음에 들었다. 윤조의 손톱을 보며 잡생각에 빠져 있는
동안 우리 사이에는 많은 이야기가 오갔다. 윤조는 할
머니가 돌아가셨다고 했고, 그 말은 윤조에게 남은 가

족이 아무도 없다는 걸 뜻했다. 할머니는 언제 돌아가신 건지, 그 후로 어떻게 지내왔는지 궁금한 것들이 많았지만 묻지 않았다. 윤조는 학생 때와 같은 곳에서 산다고 했다. 머릿속에 바닐라색 외벽과 붉은 지붕의 빌라 한 채가 금세 떠올랐다. 대학교는 갔는지, 무엇을 전공하는지, 혹은 일을 하고 있는지도 역시 묻지 않았다.

들를래? 너 우리 할머니 물건 좋아했잖아. 찻잔이나 동전 지갑 같은 거. 아직 정리를 다 못 했거든. 그리고 보여주고 싶은 것도 있어.

갈게.

나는 윤조가 보여주고 싶은 게 뭔지 궁금하지 않았다. 내게 중요한 것은 찻잔이나 동전 지갑 따위가 아니라 윤조였다. 어떻게 해야 내가 너를 다시 되찾을 수 있을까. 우리가 함께 살아갈 수 있을까.

생각에 잠긴 눈은 초점이 없다. 현실이 아닌 다른 곳에 눈을 두고 있으니 당연한 일이다. 윤조는 자주, 그리고 쉽게 먼 곳으로 갔다. 현실은 시시하고 무료하다는 듯이. 나는 윤조와 친해지기 전부터 그 눈을 알아보았다. '저 애는 뭘 보고 있는 걸까'에서 '저 애는 지금 어디에 가 있는 걸까'로 생각이 진전되기까지 얼마 걸리지 않았다. 중학생들은 무방비하고 해맑은 얼굴로 아무렇지도 않게 장난과 폭력의 경계를 넘나든다. 그리고 어른의 신경이 덜 미친 아이들을 기민하게 포착한다. 교복과 체육복의 색깔과 냄새만으로도 충분하다. 윤조가 가난하다는 건 반 아이들 모두가 알고 있었다. 괴롭힘의 대상이 되기 딱 좋았지만 누구도 시비를 걸지 않았다. 선생들조차도 윤조를 조심스럽게 대했다. 윤조는 반 아이들이 어질러놓은 질서의 선을 혼자서 지키는 애였다. 살아가는 데는 혼자만으로도 충분한 것처럼.

정작 괴롭힘을 당한 아이는 부반장이었다. 활발한 성격으로 불량한 무리와도 곧잘 어울리던 부반장은 어느 날 갑자기 자신과 가장 친했던 아이에게 맞았다. 조례 시간 전이었다. 주번이 열어놓은 창문으로 건조한 가을바람이 들어왔다. 아이들은 책걸상에 올라가 경탄의 욕을 내뱉었다. 윤조는 뒷문에 등을 기대고 서 있었다. 옅은 미소를 머금은 채로. 나는 그 곁에 가 섰다. 일방적인 구타를 구경하던 아이들이 갑자기 뒷문과 앞문으로 쏟아져 나갔다. 선생님을 찾는 애도 있고, 허겁지겁 화장실로 향하는 애도 있었다. 대부분의 아이들이 빠져나간 뒤 내가 본 것은 엎드린 채 일어나지 못하는 부반장과 자리를 뜨지 못하고 멀뚱히 서 있는 가해자였다. 윤조가 말했다.

잘 봐, 이 틀어진 공기를. 제대로 보는 거야.

나는 교실 안을 뚫어져라 보았다. 윤조의 말처럼 교실은 평소와 달리 묘하게 어긋나 있었다. 터진 감처럼 물큰한 바람에 오랫동안 빨지 않은 체육복 냄새가 실려 왔다. 교실은 이런 거구나. 천장은 지나치게 희었고, 어정쩡한 자세로 엎어져 있는 부반장의 몸 위로 조례 시간을 알리는 종소리가 울렸다. 다음 날, 부반장의 왼쪽 눈이 실명되었다는 소문이 돌았다. 구타당하는 걸 맨 앞에서 구경한 애한테 들어보니 소문만은 아닌 듯했다. 나는 그날 이후로 쭉 윤조와 함께 다녔다. 어딘가 붕 떠 있는 기분으로 충만했던 시절이었다.

윤조네 집은 개판이었다. 포장을 풀다 만 것처럼 물건이 반만 담겨 있는 종이 박스가 곳곳에 자리해 발 디딜 틈 없었다. 거실 한가운데는 겨울옷이 한 무더기 쌓여 있었다. 모두 할머니 물건이었다. 윤조는 버릴 것과 남겨둘 것, 버리고 싶으나 버려서는 안 되는 것을 구별하는 데 어려움을 겪고 있다고 했다. 잡다하게 늘어놓은 것들을 빼면 집 구조는 예전과 같았다. 공기가 답답했다. 나는 상자를 발로 밀어가며 거실을 가로질렀다. 환기를 위해 창문을 열고 테이블로 가 앉았다.

여기서 계속 사는 거니?

모르겠어. 여기 남는 것도 다른 곳으로 가는 것도 복잡하고 빠듯해.

윤조는 주전부리를 고르듯 별게 아닌 것처럼 말했다. 이렇게 시간을 지체하고 있는 동안에도 공과금과 월세가 새어나가고 있다며 웃었다. 그 태도가 담담했으므로 유품 정리와 이사는 정말 별일 아닌 게 되었다. 윤조는 유자청을 꺼내 유리컵에 덜고 물을 끓였다. 그리고 할머니 방에 들어가 보석함을 꺼내 왔다. 나비 모양의 자개가 뚜껑과 겉면에 세공되어 있었다.

가져갈래? 너 이거 볼 때마다 열어보고 싶어 했잖아.

예쁘긴 한데, 열어보고 싶던 거지 갖고 싶은 건 아니었어.

그럼 지금 열어봐.

보석함 안에는 먼지 쌓인 쿠션과 작은 거울이

달려 있었다. 이렇게 예쁜 보석함 안에는 뭘 넣어놨을까 궁금했던 건데 아무것도 들어 있지 않았다.

귀중품은 따로 빼놨나 봐?

아니, 할머니는 여기에 아무것도 넣어두지 않았어. 죽기 전에 다른 곳으로 옮겨놓은 건지 정말로 처음부터 아무것도 없었는지는 모르겠지만. 재밌는 거 말해줄까. 우리 할머니 말이야, 보석함 안에 대단한 게 있는 것처럼 몰래 보고 있다가 내 기척이 느껴지면 숨기듯이 뚜껑을 닫았는데, 혹시나 내가 몰래 열어볼까 봐 이 보석함도 옷장 깊숙한 곳에 감춰놨어. 그러고 나서는 나보란 듯이 일부러 방문을 조금 열어놓고 몰래 보석함을 꺼내 보는 거야. 아침저녁으로. 내가 집에 있는 시간만 골라서 그랬어. 언젠가 내가 물었어. 그 안에 뭐가 들었냐고. 나는 할머니가 장신구를 한 모습을 본 적이 없으니까. 할머니는 나한테 네 아비랑 똑같은 걸 묻는구나, 라고 말했어. 이후로 나는 보석함을 보지도 그에 대해 묻지도 않았어. 왜 그랬을까. 할머니는 내가 보석함을 열지 않기를 바란 걸까 열기를 기다린 걸까.

곧 물이 끓는 소리가 들렸다. 윤조는 포트를 들어 미리 준비해둔 두 개의 유리컵에 물을 부었다. 티스

푼을 천천히 돌리자 바닥에 가라앉은 유자 조각이 위로 떠올랐다가 다시 가라앉았다.

짐 정리를 안 하려고 한 게 아니라 물건을 끄집어내 박스에 옮길수록 할머니가 어떤 사람이었는지, 내가 지금 뭘 하고 있는지 알 수 없게 되어버리는 거야. 그러면 나는 정리하던 걸 멈추고 할머니가 그때는 왜 그랬는지, 또 다른 때는 왜 그랬는지 고민하느라 멈춰버려. 물건 하나하나 그런 기억들이 있어. 그런데 물건이 너무 많잖아. 정리가 오래 걸릴 수밖에 없지.

정말 모르겠다는 혹은 이제 아무것도 알기 싫다는 지겨운 얼굴을 하고 윤조는 턱을 괴었다. 모래시계에 들어가 떨어지는 모래알을 한 알씩 그대로 맞고 있는 것만 같은 표정이었다. 그러한 느낌이 집 전체를 잠식하고 있었다. 윤조가 그렇다면 나도 그래. 나는 윤조가 형성하는 뉘앙스를 사랑하니까. 여기서는 이런 기분을 느껴야 한다는 듯이 나는 속절없이 우울해졌다. 사라졌던 입맛이 돌아온 것처럼 자개 보석함의 나비가 보랏빛을 띠었다.

둘이 있으면 시공간이 어그러져. 누군가 우리 집

이 그려진 그림의 끄트머리를 잡고 비틀어대는 것 같아. 내가 방에 있고 할머니가 거실에 있거나, 할머니는 방 침대에 누워 있고 나는 부엌에서 물을 마시고 있거나, 아무리 떨어져 있어도 일그러진 그림 속에서 맞닿게 되는 거야. 그럴 때마다 나는 눈을 감아. 머릿속에 그림을 그리는 거야. 생생하게 살아 있는 그림을.

윤조는 그렇게 말하면서도 할머니를 사랑했다. 나와 여기저기 쏘다니던 시절에는 허구한 날 손목시계를 들여다보았다. 할머니가 약을 챙겨 먹어야 하는 시간마다 그랬다. 윤조에게 할머니는 단 하나 남은 가족이면서 동시에 떼어낼 수 없는 망령과 같았다. 지금은 윤조의 삶에서 사라져버린 엄마와 고모들이 입을 모아 말했었다. 윤조는 할머니의 분신 같다고. 어쩜 저렇게 똑같이 생겼을까. 딸인 나보다도 더 닮았어. 성격도 그래. 입을 꾹 다물고 저렇게 사람을 뚫어져라 노려본다, 어린애가. 어떻게 클지 눈에 선하다. 벌써부터 엄마 처녀 때 사진이 생각나. 윤조는 할머니가 자기만 두고 죽을까 봐 그리고 할머니처럼 살게 될까 봐 두려워했다. 나는 어쩌다 가끔 할머니를 만나면 할머니의 얼굴에서 윤조의 늙은 얼굴을 유추했다. 할머니는 내 시선이 느

껴질 때마다 피식 웃으며 자신은 윤조에게 떠넘겨질 생
각이 없다고 말했다. 나조차도 모르는 내 속을 읽어내
다니. 여러모로 귀신같은 노인네였다.

할머니는 윤조를 끔찍이 아꼈지만 그 방식도 약
간 끔찍한 면이 있었다. 어느 날부턴가 윤조의 신발을
숨겼다. 운동화, 샌들, 슬리퍼 할 것 없이 모조리. 그건
일종의 장난이었고 할머니만의 어떤 표현 방식 같은 거
라고 나는 생각했다. 뭘 표현하고 싶었던 건지는 모르
겠다. 윤조가 밖에 나가는 것이 싫은 걸까 추측했을 뿐.
윤조는 할머니의 장난 때문에 약속 시간에 자주 늦었
다. 욕실화나 실내화를 신고 뛰어올 때도 있었다. 할머
니는 윤조가 아무리 조르고 달래고 화를 내도 신발의
위치를 알려주지 않았다. 윤조는 오로지 자신의 힘으로
신발을 겨우 찾아 꿰어 신고 밖으로 나왔다. 10분 내에
찾을 때도 있었지만 한 시간이 넘도록 찾지 못할 때도
있었다. 쓰레기봉투 안에 신발을 모조리 넣고 그 봉투
를 세탁기 안에 숨겼을 때가 그랬다. 신발이 담긴 쓰레
기봉투를 빨랫감으로 덮어놨기 때문이었다. 안 그래도
거동이 불편한 할머니가 계단에서 넘어져 외출 반경이
턱없이 짧아진 이후 그 장난은 이루 말할 수 없이 심해

졌다. 나는 할머니에게 슬쩍 물었다. 왜 자꾸 신발을 숨기느냐고. 나도 종종 오는데 왜 내 신발은 안 숨기고 윤조 것만 숨기냐고.

재밌으신 건가요?

재밌어.

괘씸하세요?

쟤는 내가 이 집에 있다는 걸 너무 자주 잊어버리는 것 같아.

내가 할머니와 그런 대화를 나눈 적이 있다는 것을 윤조는 알지 못했다. 말하고 싶지 않았다. 윤조는 여전히 턱을 괸 채 멈추어 있었다. 나는 코로 숨을 크게 들이마셨다. 종이 박스 냄새가 가득 들어왔다. 새 책의 한가운데를 펼친 것 같았다. 갑작스럽게 펼쳐진 장면에서는 낯선 종이 냄새가 난다고 언젠가 꿈속에서 말해준 사람이 있었다. 윤조는 손톱이 길었다. 힘주어 누르면 팍 꺾일 만큼 길었다. 난 언제나 그게 거슬렸다. 자신을 챙기지 못하는 티가 나잖아. 전체적으로 볼 때는 깔끔한 것 같아도 자세히 뜯어보면 벽마다 곰팡이 자국이 배어 있는 오래된 집처럼. 할머니가 없어서 그런지 윤조와 윤조네 집은 더 낡고 어설퍼 보였다. 무언가 제대

로 갖추어지지 않은 느낌이었다. 그런데도 나는 윤조를
보고 있으면 재밌었다. 윤조가 이 모양 이 꼴로 사는 게
재밌는 게 아니라 뇌에 입력된 자동 반응처럼 재밌어서
안달이 났다. 어떨 때는 윤조가 되고 싶은 건가 자문해
보았지만 그 지난한 인생을 대신 살고 싶지는 않았다.

내일 또 올래? 아직 안 보여줬거든.

응.

나는 정말로 다음 날 오후 윤조의 집으로 갔다.
그날은 윤조를 본 마지막 날이 되었다.

윤조네 가기 전 오전에는 수영장 청소 아르바이
트를 했다. 분수대처럼 얕은 아이들 전용의 풀이었다.
물이 다 빠진 풀 안에 들어가 긴 솔로 타일을 문질렀다.
거품 때문에 발가락이 미끈거렸다. 락스 냄새가 곧 수
영장의 냄새였으므로, 나는 물이 없어도 물속에 있는
기분이 들었다. 땀이 잔뜩 났다. 동시에 소변이 마려웠
고 목이 말랐다. 나는 눈을 감고 눈 안에 그늘을 만들었
다. 그늘은 곧 바람과 벌레들의 울음, 나뭇잎이 단체로
흔들리며 파도처럼 밀려오는 소리를 불러들였다. 산으
로 가는 법을 알려준 건 윤조였다. 그리고 그 전에는 윤

조의 할머니가 윤조에게 가르쳐주었다고 했다. "우리
같은 사람들은 이런 방법이 아니면 지루한 삶을 견디기
어렵단다." 윤조는 일부러 어깨를 움츠리고 가래 낀 목
소리로 할머니를 흉내 냈다.

　　어렸을 때의 일이다. 학교가 끝난 뒤 집으로 돌
아가지 않고 복도나 도서실, 운동장을 맴돌다가 뒤늦
게 학교를 떠나는 아이가 몇 있었다. 그 애들은 서로 아
는 척하지 않았지만 어떤 애가 학교에 남는지, 왜 마지
막 종소리가 울린 후에도 학교를 떠도는지 알고 있었
다. 선생님들마저 퇴근할 때쯤, 경비가 순찰하며 교내
곳곳에 있는 아이들을 귀가시켰다. 어둠이 자욱이 깔린
운동장을 더 어두운 아이들이 땅거미처럼 걸어 나갔다.
완전한 어둠 속에 도착할 아이들이. 나는 집 대신 커다
란 개가 돌아다니는 공터로 갔다. 그곳에는 이미 윤조
가 있었다. 가방을 흙더미에 아무렇게나 올려놓고 체조
선수처럼 철봉 위에 앉아 있었다. 윤조는 이리 오라는
뜻으로 손짓했다.

　　빨리 올라와. 쟤 물어.

　　내 뒤에는 누렇고 거친 털을 가진 개가 어슬렁거
리며 따라오고 있었다. 나는 태연한 척, 당연히 이렇게

하려고 했다는 듯이 자연스럽게 철봉에 올라앉았다. 큰
개는 철봉에 나란히 앉아 있는 나와 윤조를 올려다보
았다. 어딘가 섭섭해하는 듯한 눈빛이었다. 철봉을 잡
고 있는 두 손이 바들바들 떨렸다. 윤조는 두 손을 철봉
에서 떼고도 안정적으로 앉아 다리를 흔들었다. 우리는
그렇게 잠자코 있었다. 개는 우리가 내려오기를 기다리
다가 철봉 아래 엎드려 잠이 들었다. 왜 항상 늦게까지
학교에 남아 있냐는 물음에 윤조는 이렇게 말했다.

나는 학교가 아니라 다른 곳에 가 있는 거야. 방
과 후의 학교는 다른 곳으로 향하기에 적당해. 조용하
고 그림자가 많잖아. 다른 애들도 다 나랑 같아. 우리는
학교가 아니라 더 멀리 갔다가 오는 거야.

그 말은 거짓이었다. 나는 알고 있었다. 학교가
끝나면 마땅히 갈 만한 곳이 없으니까 늦게까지 남아
있다가 시내를 돌아다니고, 공원을 걷다가 집으로 기어
들어 간다는 것을. 윤조는 내 머릿속을 읽은 것처럼 말
을 이었다.

그게 아니야.

윤조는 손바닥으로 내 두 눈을 감겨주었다. 나
는 윤조의 목소리를 길잡이 삼아 따라갈 수밖에 없었

다. 연필을 굴리지 않아야 그려지는 그림이 있다는 건 아직도 믿어지지 않는 사실이다. 어떻게 그 감각을 설명할 수 있을까. 나로서는 불가능하지만 어쩌면 윤조는 여전히 가능할지도 모르겠다. 그렇게 보았던 장면은 내가 상상해왔던 그 어떤 것보다도 살아 있었다. 일부러 애쓰지 않아도 그곳의 날씨는 자유자재로 바뀌었으며 처음 디뎌본 곳인데도 이미 예전에 와본 적 있는 것 같이 익숙했다. 긴 시간 뒤에 찾아올 거라고 예상한 미래가 바로 눈앞에 당도한 것처럼. 아니야, 넌 언제나 여기에 있었어. 귓가에 맴도는 윤조의 말이 숨과 함께 전언처럼 들려왔고, 바다가 보이지 않는데 어디선가 파도가 쳤다. 윤조의 목소리는 길 잃은 개를 다독이는 것처럼 다정한 저주가 되었다. 윤조의 말마따나 나는 꽤 오랜 시간이 지난 후에도 그곳에 있었다. 그러는 동안 많은 것들을 잊거나 잃었다. 보이지 않는 파도가 밀려드는 곳에서.

　　그러니까 현실이 아무리 고되어도 마음먹기에 따라 어디든 갈 수 있다는 아름다운 착각. 물론 세워놓은 계획도 딱히 원하는 것도 없었다. 사는 데에는 선명한 목표가 아니라 결국 얻게 될 거라는 마음가짐이 중요했다. 어떻게든 모든 일이 술술까지는 아니지만 차근차근 이루어지리라. 나는 다시 연필 없이 그림을 그리고, 산과 같은 곳으로 가고 싶었다. 윤조와 함께라면 언젠가 눈을 감지 않고도 그 안에서 살아갈 수 있지 않을까. 근거 없이 풍만한 기분에 휩싸였고 풀장의 물때가 잘 지워졌다. 땀이 등과 배를 타고 흘렀다. 팔이 욱신거릴수록 더욱 힘을 주었다. 완전하게 깨끗한 풀장을 만들고 싶었다.

여전히 집 안은 덜 정리된 박스와 잡다한 물건들로 지저분했다. 커피가 말라붙은 유리컵과 효력이 다한 손난로가 제자리를 지키고 있었다. 그것들을 한쪽으로 밀어내고 물티슈로 테이블을 닦았다. 오래전에 죽은 듯한 모기 두 마리가 묻어 나왔다. 윤조는 새파란 티셔츠와 반바지를 입고 있었다. 참외 껍질이 한 줄 한 줄 얇게 벗겨졌다. 과도에 긴 손톱이 비쳤다. 선풍기가 내쪽으로 고개를 돌릴 때마다 텅 빈 비닐봉지가 구겨지는 것 같은 소리가 났다. 나는 세로로 잘린 참외를 먹었다. 과즙 때문에 손가락 세 개가 끈적거렸고, 참외에서 수영장 맛이 났다. 자두를 사 올걸. 한입에 넣을 수 있잖

아. 윤조는 칼로 참외를 찍으며 웃었다. 난 참외가 좋아 더 여름이잖아. 곧 물 끓는 소리가 들렸다. 커피포트의 전원이 저절로 꺼졌다. 윤조는 분홍색 카디건을 어깨에 걸치며 의자에서 일어났다. 유자차를 타주려나 싶었지만 손에 들려 있는 건 컵이 아닌 보석함이었다. 창밖의 하늘은 성장드라마의 첫 장면에 나올 만큼 지나치게 여름이었다. 나는 땀 때문에 가슴팍에 달라붙는 티셔츠를 손으로 떼내며 매끈한 참외와 보석함을 번갈아 바라보았다. 손을 뻗자, 윤조는 아이에게 사탕을 주려다가 마는 것처럼 보석함을 자기 쪽으로 당겼다. 내 손이 보석함에 닿으려고 할 때마다 장난이 이어졌다. 왼쪽과 오른쪽, 손가락이 뻗치는 반대 방향으로 점점 빠르게. 더욱더 빠르게. 이제 막 종이에 옮겨붙은 불씨에 큰 바람을 몰아넣듯이. 할머니의 카디건을 입은 윤조의 눈이 어제와는 다른 빛을 띠었다. 윤조는 할머니가 되어 음흉하고 장난스러운 표정을 하고 말하기 시작했다.

있잖아. 나는 사냥꾼이 되고 싶었어.

윤조, 아니 할머니는 준비된 곡을 부르는 가수처럼 자연스럽게 이야기했다. 잘 정돈된 은색의 머리칼과 입가의 주름이 선명히 살아났다. 나는 어느새 정말로 윤조가 아니라 할머니와 테이블을 마주하고 앉아 있었다. 할머니는 사냥을 하고 싶다고 말했다. 다시 태어나면 사냥꾼이 되고 싶다면서 장총의 종류를 줄줄 읊었다.

에이, 사냥꾼이라니 너무 시대착오적인 직업 아니에요? 지금도 거의 없잖아요. 근데 뭘 잡으실 건데요? 제가 아는 사람은 몇 년 전까지 산에서 꿩을 잡았대요.

뭘 잡을지는 중요한 게 아니야. 잡겠다는 마음이 중요한 거지. 시시한 건 잡을 생각도 없어.

할머니는 자신의 눈에 총구를 겨누고 방아쇠를 당기는 시늉을 하면서 그렇게 말했다. 그리고 턱으로 보석함을 가리켰다. 뚜껑을 열면 판도라의 상자처럼 감당할 수 없는 것들이 마구 튀어나올 것만 같았다. 하지만 알고 있지. 판도라는 그 안에 무엇이 들었는지 알고 있더라도 열었을 것이다. 사람들은 아주 작은 희망 하나를 보기 위해 일부러 절망을 만들어내곤 하니까. 손쉽게 열린 보석함 안에는 오래된 곶감이나 썩은 무말랭이처럼 쪼글쪼글한 (   )이 들어 있었다. 새까매서 자세히 들여다보지 않으면 (   )인지도 모를 정도였다.

사실 나는 이미 사냥꾼이야. 많은 걸 잡았지.

작은 새가 푸드덕거리며 날아가는 소리와 할머

니의 낮은 목소리가 귓가에 울리다 사라졌다.

내 눈을 들여다봐.

할머니의 것인지 윤조의 것인지 모를 눈 안에는 노인의 것치고 너무 생생하게 번뜩이는 눈동자가 있었고, 그 안에는 볼록렌즈에 얼굴을 디밀고 있는 것처럼 보이는 내가 있었다. 나는 눈 속에 비친 나를 보면서 윤조의 자리를 생각했다. 참외 냄새가 났다. 윤조는 할머니 역할을 끝마친 듯 카디건을 벗어 의자에 걸쳤다.

아무래도 (   )인 것 같지. 어제는 보여줄 용기가 안 났어. 이걸 발견했을 때 얼마나 가슴이 뛰던지. 너한테 꼭 보여주고 싶었어. 근데 너 왜 이게 뭐냐고 묻지 않아?

궁금하지 않으니까.

그렇구나.

빈칸처럼 흰 벽지를 배경으로 윤조가 참외 두 조각을 한입에 집어넣었다.

할머니는 생각보다 재미없고 참담하게 돌아가셨어. 작년 여름에 난 집을 나갔었어. 지겨웠거든. 두 달 정도 바닷가 쪽에서 지내다가 다시 집으로 돌아왔어. 가방을 거실 바닥 아무 데나 두고 할머니 방문을 열었는데 발견한 거야. 할머니는 엎질러진 물처럼 녹아 있었어. 머리카락과 옷가지는 침대에 바르게 누워 있는 자세 그대로 남았어. 누리끼리하고 회갈색에 가까운 액체가 매트리스와 이불을 흠뻑 적시고 바닥에도 조금 고여 있었어. 아무리 이불을 뒤지고 베개 커버를 뒤집어도 할머니 눈알은 보이지 않았어. 그것도 녹아버렸나봐. 나는 거울로 내 눈을 볼 때마다 그 사실이 무서웠어. 내 눈은 할머니와 똑같으니까, 생각하지 않으려고 해도 할 수밖에 없는 거야. 할머니는 내가 집을 나가기 직전까지 나한테 매달렸어. 관심을 달라고 했어. 자신을 돌보지 않아도 되니까 관심을 달라고 했어. 나는 할머니처럼 살다가 할머니처럼 죽게 될 거야.

윤조는 아마 꽤 긴 시간이 지나도록 이 집을 떠나지 못할 것이다. 언젠가 집 안의 물건들을 모두 내다버릴 것이고, 어느 날은 버렸다고 생각했던 것들을 다시 집으로 불러들일 것이다. 할머니의 힌트 없이 제힘으로 신발을 찾아 꿰어 신었던 것과 같이. 복잡하고 지난한 과정에서 땀을 많이 흘리게 될 거야. 그러니까 윤조야 물을 많이 먹는 습관을 길러라. 나는 냉장고를 열어 찬물을 컵에 따랐다. 윤조는 보란 듯이 쉬지 않고 한

번에 다 마셨다. 우리는 할머니를 이해해보기로 했다. 그래서 할머니가 되기로 했다. 할머니인 채로 하고 싶은 걸 상상해보았다. 내가 말했다.

　　나는 차가운 커피를 먹고 싶어.

　　야. 장난치지 말고 제대로 하라고.

　　장난 아니야. 진짜 그랬을 거 같아서 말한 거야.

　　나쁜 년.

　　윤조 네 차례야.

　　나는 오래오래 살 거야. 살고 말 거야.

　　윤조가 웃었다. 그래서 나도 웃었다. 나는 밥을 먹고 싶었다. 이해되지 않는 것들은 왜 자꾸 나를 허기지게 만드는지. 책상 위를 굴러다니는 검은 비닐봉지를 주워 들여다보았다. 덜 익은 참외 냄새가 났다.

설탕으로 만든 사람

턱 끝을 살짝 밀어 반쯤 열려 있는 명의 입을 닫았다. 손을 떼면 윗입술과 아랫입술이 다시 천천히 벌어졌다. 그 까만 입속으로 혀를 넣어보려다 그만두었다. 별거 하지 않고 누워만 있는데도 10분, 20분이 순식간에 지나갔다. 더 이상 미룰 수 없었다. 5분이라도 더 지체한다면 아무리 빨리 준비한다고 해도 지각할 것이다. 하지만 일어날 각오를 하기에 명의 촘촘한 속눈썹에서 시선을 거두기 힘들었고, 전기장판으로 뜨겁게 덥혀진 이불 속과 달리 공기는 코끝이 시릴 정도로 찼다. 명은 몇 시간 뒤에 내가 없는 방에서 깨어나 일을 하러

갈 것이다. 나는 명의 턱과 입술에 있는 흉터를 검지로 두드렸다. 피어싱을 뺀 자국이었다. 옛날에, 그러니까 우리가 헤어지지 않고 명의 턱과 입술에 피어싱이 달려 있던 시절에는 종종 내 입술을 그곳에 갖다 대곤 했는데. 작은 구슬의 쇠 맛을 못 느끼게 되다니 아쉬웠다. 또다시 너를 볼 수 있을까. 오면 오는 거고 안 오면 없던 일처럼 되어버리겠지. 아쉬운 마음으로 명의 얼굴을 잠깐 응시하다가 조용히 일어나 목티와 청바지를 입고 양말을 신었다. 테이블에는 술병과 과자 봉지가 어지럽게 널려 있었다.

　　몇 년 만에 만난 사이치고 명과 나는 스스럼없이 대화했다. 엊그제 만났다 헤어진 사람들처럼. 자전거도 못 타던 명이 야식 배달을 하고 있을 줄은 당연히 몰랐다. 하지만 빨간 헬멧이 너무 잘 어울렸으므로 금방 수긍했다.

　　오토바이 운전이라니. 겁도 많은 게.

　　나도 네가 모텔에서 일할 줄은 몰랐어.

　　몇 호 배달이야?

　　403호.

　　거기 사는 사람 이상해. 눈도 마주치지 마.

엘리베이터에 오르면서 명은 알겠다는 듯 고개를 끄덕였다. 나는 명이 다시 로비로 내려올 때까지 무슨 말을 어떻게 해볼까 고민했지만 준비된 말은 나오지 않았고 명은 바쁘게 돌아가야 했다. 짧은 인사만 건넨 뒤 문을 나서는 명을 불러 세웠다.

머리는 왜 잘랐니?

긴 머리는 우습게 보이기 쉽거든.

명은 쓸데없는 자존심을 부리지 않는다는 면에서 여전했다. 몇 시간 후에 다시 모텔 문을 열고 들어온 명은 헬멧을 쓰고 있지 않았다. 우리는 내 방으로 올라가 밥을 먹었다. 그동안 어떻게 지내왔는지 어쩌다 배달 일을 하게 되었는지 많은 이야기가 오갈 줄 알았는데 대화는 이어지지 않았고 각자 다른 곳을 응시하다가 샤워를 했다. 한 침대에 누웠지만 서로를 만지지 않았다. 익숙한 몸에서 처음 맡아보는 냄새가 났다. 그리고 꿈을 꾸었다. 잎사귀와 깃털, 형형색색의 색종이 조각이 환영하듯 내리는 꿈이었다. 나는 뭔가를 기다리는 마음으로 가만히 쏟아지는 것들을 맞았다. 그 속에서 내 기분이 어땠는지는 모르겠다.

긴 꿈에는 아무 의미도 없었고 자고 일어난 후

에는 어깨가 뻐근했다. 나는 숙면을 위해 습관적으로
사람들을 집에 불러들였다. 모르는 사람과 이야기를 하
고 술과 음식을 먹다 보면 자연스럽게 한 침대에 누울
수 있었다. 친구나 연인, 파트너가 되고 싶은 건 아니었
다. 나는 사람의 눈을 보고 싶고 몸을 만지고 싶었다. 신
체의 특정 부위가 아니라 그 사람이 가진 체온을 만지
고 싶은 것에 가까웠다. 내 잠 속에는 꿈이 없었다. 꿈
을 꾸지 않는다고 해서 푹 잠드는 것도 아니었고 신경
증적인 두통이 따라왔다. 이마를 꾹꾹 누르며 눈을 뜨
면 함께 잠들었던 이는 온데간데없고 나 혼자뿐이었다.
아주 오랜만에 꿈을 꾼 것은 명과 함께 잠을 잔 영향이
클 것이다. 우리가 함께할 때 했던 이야기가 다 그런 것
뿐이었으니까. 꿈이나 미래, 옷깃에 붙어 있는 머리카
락같이 분명히 존재했으나 아무것도 아닌 게 되어 가볍
게 떨쳐낼 수 있는 종류의 것들. 명은 내가 윤조 이야기
를 한 유일한 사람이었다. 나는 잠들어 있는 명의 감은
눈을 마지막으로 바라보고 방을 나섰다. 1층 버튼을 누
르고 고개를 돌리자 엘리베이터 벽면에 달린 거울이 보
였다. 그새 또 늙었네, 로션을 그렇게 발랐는데. 욕이 입
안에서만 맴돌다 사라졌다.

　　윤조라는 인물을 주인공으로 한 내 마지막 소설은 분명히 끝을 맺었지만 어떻게 결말을 냈는지 기억이 잘 나지 않았다. 마구잡이로 만들어낸 사건이 걷잡을 수 없이 번지는 데에 지쳐버렸던 것 같다. 어린 나이의 주인공이 왜 그렇게 많은 일을 겪어야 했는지 알 수 없었다. 나는 내가 만든 사건들을 해결할 수 없어 소설을 어영부영 끝냈고, 한동안 그 꼬여버린 실타래를 풀기 위해 애썼으나 실패했다. 그저 한 편의 이야기가 아니라 어떤 마음 자체를 잃어버렸다. 문득문득 그런 순간이 있었다. 누군가와 즐겁게 놀다가도 그 사람에 대한 애정이 사라졌다. 마찬가지의 이유로, 내가 왜 글을 쓰려고 했는지 알 수 없어졌다. 어느 날 만난 친구는 내가 급격하게 늙어 보인다고 말했고 그건 얼굴이 너무 건조하기 때문이라고 했다. 로션을 발라야 하는구나. 이유가 생기고 나서부터는 로션을 꼬박꼬박 펴 발랐다. 명 때문일까, 오랜만에 꾼 꿈 때문일까. 나갈 준비를 하면서 소설을 쓰려고 애썼던 지난 시간이 떠올랐고 비참한 예감이 들었다. 윤조가 나오는 나의 소설은 분명히 끝을 맺었지만 윤조의 삶은 거기서 끝나지 않았을 것이고, 지독하게 살아남아서 어른이 되었을지도 모른다는.

오늘은 청소를 담당하는 김 씨 아주머니가 나오지 않았다. 내일도 나오지 않을 것이다. 며칠 전부터 1월 26일을 기억하고 되새기는 뉴스가 흘러나왔다. 나는 청소 도구와 소독제를 카트에 챙겨 엘리베이터에 올랐다. 새 손님을 맞이하려면 신속하게 청소를 끝내야 했다. 내일은 손님이 적을 것이라고 위안하며 마음을 다잡고 보안경을 썼다. 벨을 누르자 대답 없이 문이 열렸다.

소독 나왔습니다.

203호 할머니는 어딜 가려는 모양인지 간만에 외출복을 입고 있었다. 작은 손가방이 팔목에 걸려 있었다. 할머니는 말없이 소독 확인서에 이름을 적고 방을 나섰다. 엘리베이터까지 가는 걸음에는 발소리가 없었다. 원래 할머니는 504호 할머니라고 불렸고 그때는 할아버지와 함께 살았다. 나는 깍지 낀 두 사람의 늙은 손을 기억했다. 언성을 높이고 다투면서도 할머니와 할아버지는 항상 손을 잡고 있었다. 그런데 몇 달 전 할아버지가 갑자기 실종되었다. 할머니는 두 달 전까지 고집스레 두 명분의 투숙비와 관리비를 냈지만 이번 달부터 2층으로 방을 옮기고 한 사람 금액만 지불했다. 사장님은 내게 할머니 방에서 이상한 냄새가 나지는 않는

지, 수도를 급격하게 사용하지는 않는지 관심을 기울이
라고 했다. 걱정과 달리 할머니는 배달 음식을 자주 시
켜 먹었다.

　　방호복은 입고 서 있기만 해도 숨이 차 답답했
다. 방마다 너무 많은 시간이 지체되었다. 쉬면서 간단
히 요기하고 땀을 닦아도 체력이 보충되지 않았다. 몸
을 움직일 때마다 과자 봉지를 구기는 듯한 바스락거리
는 비닐 소리가 거슬렸다. 청소를 빨리 마치는 수밖에
방법이 없었다. 새로운 방 청소에 앞서 스트레칭으로
몸을 풀었다. 공기청정기를 켠 뒤 침대 시트를 갈고 커
튼 뒤까지 소독제를 꼼꼼하게 뿌렸다. 컴퓨터 키보드,
리모컨은 전용 리무버로 박박 닦아야 했다. 사람이 다
녀간 흔적은커녕 마치 이제 막 살림을 차린 신혼집처럼
바닥과 천장과 벽면이 모두 희었다. 아무리 이렇게 한
들 감염자가 한번 다녀가면 감염자가 나온 모텔이 되는
거 아닌가. 사장님은 아예 장기 투숙만 할 수 있도록 모
텔 콘셉트를 바꾸려고 했으나 생각보다 손님이 많아 이
용 시간과 금액만 수정했다. 어린 커플과 불륜 커플이
주된 손님이었다. 손님들은 온종일 방 안에서 놀았다.

그 안에서 식사를 하고 영화를 보고 게임을 하고 섹스를 하고 잠을 자고. 혼자 오는 사람의 수도 많이 늘었다. 집이 아닌 다른 곳에서 여행 온 기분을 누리는 것이 인기인 것 같았다.

나는 주로 안내 데스크에 앉아 일회용 칫솔과 콘돔이 들어 있는 작은 팩을 건네는 일을 했다. 플라스틱 보호 창과 커튼 덕분에 얼굴을 보이지 않아도 된다는 게 큰 장점이었다. 긴 시간 데스크에 앉아 시시티브이를 들여다보고 있으면 오래된 영화의 도입부만 시청하는 기분이 들었다. 처박혀서 글을 쓰면서 돈도 벌려고 했지만 이제 나는 뭔가를 쓰는 법은 잊어버린 채 시시티브이를 들여다보는 일에 재미를 붙였다. 복도에서부터 서로의 옷 안에 손을 집어넣는 연인은 곧 종말할 세상의 마지막 남은 인류처럼 손놀림이 다급했다. 골똘히 지켜보고 머리를 굴려도 저 사람들의 다음 이야기가 상상되지 않았다. 아주 가끔 나를 너무나 사로잡는 책 한두 권을 읽으면 얼음물을 한 번에 삼킨 것처럼 속이 저렸다.

가끔 주어지는 청소 일도 할 만했다. 복도를 걷고 문을 두드리고 땀을 흘리면 뭔가 엄청난 일을 해낸

것 같은 착각이 들었다. 무엇보다 시간이 빠르게 지나
갔다. 잡생각에 빠질 일도 없고 무료함을 가장한 우울
감이 스며들 틈도 없었다. 명은 오늘 올까. 이제 다시는
찾아오지 않을까. 명은 왜 내 몸을 만지지 않았을까. 나
는 어린 커플이 하룻밤 머물다 간 104호의 흔적을 정리
하며 생각했다. 비어 있는 소주병과 종이컵 두 개를 치
우고 바닥을 쓸고 닦았다. 쓰레기봉투가 몇 번이나 옆
으로 넘어져 다시 쓰레기를 주워 담아야 했다. 그리고
그들이 미처 챙기지 못한 물건이 눈에 들어왔다. 진동
의 세기를 단계별로 조절할 수 있고 다양한 기능이 구
비된 커플의 장난감이었다. 스위치를 켰다 끄길 반복했
다. 그동안 청소를 하며 보이지 않았던 것들이 오늘따
라 유독 생생하게 눈에 들어왔다. 이불과 침대 시트가
생리혈로 군데군데 얼룩져 있고 사용한 콘돔이 바닥에
떨어져 있었다. 기분 내키는 대로 던진 듯 하나는 침대
옆에, 하나는 커튼 아래에. 방호복을 뚫고 축축한 비린
내가 맡아지는 것 같기도 했다. 몇 번이나 보아온 것들
인데 새삼스럽게 역한 기분이 일었다. 등에 땀이 바짝
났다. 사진을 보다가 갑자기 그 사진 속에 들어가게 된
사람처럼. 주머니에서 벨 소리가 울렸다. 깜짝 놀라 떨

어뜨린 딜도가 진동하며 제자리에서 돌았다. 403호의 호출이었다. 딜도 스위치를 끄고 주머니에 넣은 뒤 자리에서 일어났다. 청소를 너무 열심히 한 탓에 배가 출출했다.

불편하신 거 있으세요?

업소를 찾고 있는데.

불편하신 거 있으신가요?

주문하고 싶다고. 갖고 있는 명함이나 소개해줄 만한 곳 없나. 근데 학생 시급 얼마 받고 일해요?

나는 어린 커플의 방에서 발견한 딜도를 꺼내 들었다. 스위치를 켜자 딜도 끝부분이 뱅글뱅글 돌았다.

필요하시면 드릴게요.

403호는 얼굴을 구기며 방문을 닫았다. 으레 있는 일이었다. 손에는 아직도 스위치 켜진 딜도가 들려 있었다. 403호는 장기 투숙자 중 한 명이었다. 사장의 말에 따르면 고등학교 선생님이라고 했다. 대면 수업을 하기엔 시기가 이른 것인지 출근하는 걸 본 적은 없었다. 슬랙스와 셔츠를 입고 지내는 것으로 보아 방 안에서 온라인 수업을 하는 듯했다. 요청 사항도 없고 말도 잘 안 해서 꽤 괜찮은 손님이라고 생각해왔는데. 그가 매번 편의점에서 사 오는 도시락에 가래를 뱉고 싶었다. 혼잣말처럼 욕이 절로 나왔다.

저 새끼는 언제 죽나. 죽으려고 와놓고.

이마의 땀을 손으로 훔치고 숨을 고른 후 뒤돌아섰다. 언제 왔는지 모르게 203호 할머니가 서 있었다. 일부러 소리 내 부르지 않고 내가 자기를 발견하길 기다린 것처럼 미소를 머금은 채였다.

그런 말 하니까 좀 살아 있는 사람 같으네. 항상 이상하게 생각했어. 아가씨가 웃지도 않고 맨날 멀뚱히 앉아만 있으니까. 정신이 허공에 붕 뜬 것처럼. 죽을 날 얼마 안 남은 사람들이 꼭 그런 얼굴이거든. 근데 저놈 새끼는 언제 죽나니 그런 소리 하니까 이제 좀 산 사람 같아. 산 사람들만 그런 소리를 할 수 있잖아. 자주 해, 자주.

할머니는 내 등을 두드리며 한 손에 검은 비닐봉지를 쥐여주었다. 뭘 준 건지 묻거나 인사할 새도 없이 할머니는 말을 이어나갔다. 산에 다녀오는 길이라고 했다. 나는 고개를 끄덕이며 갑자기 말이 많아진 203호 할머니를 훑어보았다. 전혀 등산에 어울리지 않는 옷

차림이었다. 손가방은 물병이 들어가지 않을 만큼 작았고 길고 검은 치마에 흙이 묻어 있지도 않았다. 머리칼도 땀에 젖은 흔적이 없었다. 할머니는 누군가와 말을 하고 싶었는지 산에 다녀온 이야기를 멈추지 않았다. 나는 그 말을 하나도 믿지 않았으나, 할머니가 말하는 산의 모습이 생생해서 흙냄새가 맡고 싶어졌다. 어렸을 때는 엄마랑 산에 오르는 걸 좋아했는데. 그다지 높지 않은 산이었는데도 올라가고 나면 꼭 함성을 지르고 물을 벌컥벌컥 마셨다. 나는 산만하고 제 에너지를 주체하지 못하는 아이였다. 엄마는 망아지처럼 자유롭게 나를 풀어주기 위해 산에 데려갔을 것이다. 가족이 다 같이 가거나 친척들과 함께 갈 때가 많았으나, 어떨 때는 나 혼자 정상으로 올려 보내고 엄마는 중간쯤에 있는 바위에서 커피를 마시며 기다렸으니까. 나는 어른들이 따라오지 못할 만큼 빠르게 산에 올랐다. 그 산을 지키는 산신령이 된 것마냥 나무 하나하나를 만지면서 산속을 헤집고 다녔다.

근데 있잖아.

네?

그거 필요 없으면 나 주면 안 되나?

할머니의 시선이 가리키는 건 딜도였다. 나는 손에 들린 딜도와 검은 봉지를 번갈아 쳐다보다가 괜히 딜도 스위치를 빠르게 켰다가 껐다.

쓰시게요?

그럼 쓰려고 달라 하지.

잘 세척해서 쓰세요.

할머니 손에 들린 딜도는 내 손에 있을 때보다 훨씬 커 보였다. 할머니는 내가 알려준 작동 방법을 익히느라 이것저것 스위치를 눌러보다가 나를 흘겨보았다.

무릎에다가 쓸 거야.

짝꿍인 할아버지가 사라진 이후 별다른 기적을 내지 않던 203호 할머니는 오늘따라 유난히 말이 많고 웃겼다. 엘리베이터로 향하는 할머니의 뒷모습은 조그맣고 왜소했다. 할아버지의 것인지 본인의 체구보다 훨씬 커다란 외투를 입어 더욱 그렇게 보였다. 할머니는 왠지 복도 끝에 다다르고도 멈추지 않을 것처럼 걸었다. 정확히는 할머니의 걸음도 할머니가 걷는 복도도 끝나지 않고 이어질 것처럼 느껴졌다. 내 시선이 닿을 수 없는 먼 곳으로 영원히, 죽어서도 어딘가를 계속 걸어야 하는 사람처럼. 그 장면은 마치 아주 옛날부터 전

해 내려오던 동요가 지금까지 아이들의 입을 통해 전해
지는 장면을 우연히 발견한 것만 같고, 또 윤조 같고, 설
탕으로 만든 사람 같았다.

　『설탕으로 만든 사람』은 그리스의 옛이야기를
바탕으로 한 그림책이다. 마음에 드는 사람이 없어 직
접 설탕으로 세상에서 가장 아름다운 사람을 빚은 공주
가 나오는 이야기다. 옛날이야기가 으레 그러하듯 공주
와 설탕으로 만든 사람은 시련을 겪고 다시 사랑을 되찾
는다. 뻔하고 교훈적인 서사였다. 나는 결말에 만족하지
못했지만 그 책을 버리지는 않았다. 뜬금없이 설탕으로
만든 사람의 하얗고 빛나는 얼굴이 떠오를 때가 종종 있
었다. 내가 작가였다면 설탕으로 만든 사람이 녹아 사라
지는 것으로 결말을 맺었을 것이다. 하지만 이것도 결국
뻔했고, 나는 녹거나 녹이거나 녹는 척 자기 존재를 감
추는 것 외에 다른 결말은 생각나지 않았다.

　할머니가 준 봉지에는 누룽지가 들어 있었다.
내게 이걸 전해주기 위해 4층까지 올라온 걸까. 내가 아
니라 다른 누구에게 누룽지를 건넸어도 상관없었을 것이
다. 어쩌면 할머니는 등산이 아니라 등산 비슷한 걸 하
고 왔거나, 산이 아닌 다른 곳에 다녀왔을지도 몰랐다.

사람들은 모두 검은 옷을 입고 검은 마스크를 쓰고 있었다. 1월 26일이 되기 며칠 전부터 국가적 추모 차원에서의 기획 방송이 온 채널을 잠식했다. 코로나 19가 도래한 이후 최대 규모의 사망자를 기록한 날이었다. 우려하면서도 쉬쉬했던 일이 눈앞에 수치로 나타난 것뿐이었다. 백신 주사를 3회 맞은 사람과 10회 맞은 사람 중에 누가 먼저 죽을까. 사람들은 의심과 조롱을 일삼았지만 내 눈에는 뉴스를 의심하고 정부를 욕하는 것의 열 배 이상 이 나라를 신뢰하는 것으로 보였다. 매년 1월 26일은 모두의 기일로 여겨졌다. 대기오염 문제가 제기되어 마스크와 낙엽을 태우는 추모 행위가 제지되었지만 그날은 어디서나 쉽게 연기 냄새를 맡을 수 있었다.

새벽부터 시작한 청소를 끝내니 한낮이었다. 사장은 고생했다며 내일까지 휴가를 주었다. 휴가는 좋은 말로 둘러댄 핑계일 뿐이고, 26일에는 손님도 없고 관리할 것도 없으니 자기가 나오겠다는 심보였다. 오랜만에 맞이한 낮의 세상은 어색했고, 시력과 청력이 유난히 또렷하게 깨어났다. 모텔 앞에 있는 오래된 나무는 생명력을 잃어가고 있었다. 가까이 다가가 귀를 기울이면 죽음에 가까워지는 소리가 들렸다. 벌레가 야금야금 제 영역을 넓혀가는 소리. 나는 나무가 더욱더 말라 비틀어지길 기다리고 있었다. 내부가 완전히 죽어서 도저히 살아 있는 것처럼 느껴지지 않을 즈음에 온 힘을 다해 발로 찰 생각이었다. 나무는 스티로폼으로 만든 무대 소품처럼 부서질 것이다. 이런 생각을 할 때마다 누군가 나를 지켜보는 기분이 들어 괜히 주위를 둘러보았다. 이놈 여기 있구나, 하고 내 머리를 가리키는 손가락. 누군가의 시선이 느껴지는 쪽으로 고개를 돌렸다. 햇살이 환했다.

예전에 이메일을 주고받았던 외국인 친구는 한국은 어딜 가나 산책할 만한 산이 있어서 놀랍다고 했는데 그 말이 맞았다. 지역마다, 아니 동네마다 산이 있으니까. 너희 나라는 안 그러냐는 말에 그 친구는 이렇게 대답했다.

한국은 그 느낌이 다르다. 편의점과 같이 당연하게 드나든다. 가벼운 차림. 그러나 한국인들은 한국이 온통 산으로 갖추어졌다고 말하면 바로 알아채지 못해. 너무 당연하게 있어왔으니까 예리하게 생각해보지 않았던 것이다.

그런가?

이것 봐, 너도 그렇잖아. 잘 생각해보아라. 학교 옆에도 산이 있고 아파트 뒤에도 산이 있고 바다 옆에도 있어.

다 그런 줄 알았지.

우리는 서로의 언어를 쓰지 않고 서툰 영어로 이야기했다. 둘 다 영어를 잘 못해서 답장을 주고받는 간격이 길었지만 완전히 끊어지지는 않았는데, 무슨 이유인지 내가 마지막으로 메일을 보낸 이후 1년 8개월째 답장이 없었다. 아주 가끔 떠오를 때마다 확인해보면 읽지 않음이라는 표시가 떴다. 메일 내용은 길거리 음식이나 요즘 유행하는 것들에 대한 것에서 오로지 안부 확인으로 바뀌었다.

등산로 초입에는 등산객 한 명이 강아지와 함께 벤치에 앉아 이제 막 깐 귤을 입안에 넣고 있었다. 마스크를 벗은 타인의 얼굴을 오랜만에 봤다. 그 사람은 나와 눈이 마주치자 마스크를 다시 쓰는 척 코까지 끌어올리다가 말았다. 뭐라고 중얼거렸는데 귀에 꽂고 있는 이어폰 때문에 말소리가 들리지 않았다. 신발 밑창에 나뭇가지며 돌멩이의 촉감이 고스란히 전해졌다. 낙엽이 바지에 자꾸 달라붙었다. 산에 들어오자 사위가 어둡고 고요했다. 시선 끝에 보이는 큰 나무를 향해 걸었다. 걷는 내내 아까 본 등산객 외에 한 사람도 만나지 못했다. 갑자기 산에 올 생각을 한 건 203호 할머니의 말도 있었지만 명 때문이었다. 샤워하고 나오니 내일 휴가를 받았는데 함께 시간을 보내자는 메시지가 와 있었다. 나는 무심하게 긍정의 답장을 보내고 청소기를 돌렸다. 소진되었던 체력이 다시 차올랐고 갑자기 건강해진 느낌이 들었다. 우리가 연인이었을 때 산에 가기로 한 적이 있었다. 명은 정상에 올라가서 세상을 내려다봐야 한다고 했다. 그래야 살아갈 힘이 생기니까. 하지만 결국 우리가 함께 산에 오르는 일은 없었다. 나는 산 이야기가 나올 때마다 화제를 바꾸며 도망쳤다. 왜 아까운 시간과 에너지를 산 따위에 들여야 하나 불만이었다. 그때의 명에게도 203호 할머니처럼 산에 올라야만 하는 일이 있었을 것이다. 난 그걸 놓쳤다. 산은 대한민국 사방에 깔려 있으니 언제든지 갈 수 있을 줄 알았지. 발에 힘을 주고 걸어나갈수록 산은 아득하게 느껴졌다. 내가 왜 산을 올라가고 있는지, 헤어질 즈음에 명의 표정이 어땠는지, 왜 이렇게 산은 어둑한지, 어째서 건는 동안 아무도 마주치지 않는 것인지 의문이 들었다. 위로 올라갈수록 살아갈 힘이 생기기는커녕 머릿속만 복잡해졌다. 나는 발걸음을 돌려 왔던 길로 내려갔다. 올라갈 이유가 사라졌으니 더 이상 등산을 계속할 필요가 없었다. 혼자 왔기 때문일 수도 있어. 명과 함께 얘기를 나누면서 걷는 상상을 해보았다. 등산로 초입에는 사람도 개도 없고 꽃처럼 펼쳐진 귤 껍질만 벤치에 놓여 있었다. 명과 정상까지 올라간다면, 정상에서 소리를 지르거나 세상을 내려다본다면 내가 지금까지 미루어놓았거나 실패했던 일들을 다시 시작할 수 있을 것만 같았다. 자신과의 내기 같은 거였다. 터무니없어도 한 번쯤 믿어보는 거. 정말 그렇게 될 거라는 듯 가슴이 벅찼다. 어쩌면 비탈진 곳에서 명이 내게 손을 내밀고, 그렇게 잡은 손을 산에서 내려온 후에도 놓지 않는다면.

　돌아오는 길에는 베드룸 팝 플레이리스트를 들었다. 처음 들었을 때는 불안한 마음이 가시고 노곤해졌지만 들으면 들을수록 오히려 공허해져서 잘 듣지 않았다. 하지만 오늘은 햇살이 좋고 생각해보면 나는 나름대로 내 밥벌이도 하고 원하는 책도 사 읽고 꽤 괜찮게 살고 있지 않나. 저 멀리 보이는 따뜻하고 환한 느낌이 드는 건물은 언젠가 홀로 호캉스를 가봐야겠다고 다짐했던 호텔이었다. 곧 철거된다는 소문이 있었지만 그것과 별개로 호텔과 베드룸 팝은 잘 어울려. 베드룸 팝과 호텔, 호텔과 베드룸 팝. 단어를 번갈아 중얼거리며 호텔이 층층이 가라앉는 상상을 했다. 부서지면서 노란 빛이 뿜어져 나올 것만 같았다.

할머니는 출출할 때 누룽지를 물에 불려 먹으라고 했지만 나는 과자처럼 씹어 먹었다. 과자보다 훨씬 딱딱해서 씹을 때마다 뇌까지 울리는 것 같았다. 입안에서 누룽지가 으깨지는 소리 때문에 외부의 소리가 하나도 들리지 않아서 좋았다. 사장은 급한 일이 있는 척 나를 불러 데스크에 앉히고 자리를 피해버렸다. 403호를 찾아온 한 여자가 괴로운 듯 울었다. 동네 사람들은 모텔 문을 슬쩍 열고 상황을 살피다 나갔다. 마른 몸에서 어떻게 저렇게 큰 소리가 나올까. 다 울고 나면 온몸이 아프겠다. 나는 누룽지를 쉬지 않고 씹었다. 잇몸이 욱신거리고 턱관절이 빽빽했다. 시시티브이 화면으로 사람들이 간 것을 확인하고 나서야 데스크에서 나왔다. 반투명한 시트지 때문에 흐릿한 문 너머로 아직 모텔 앞을 떠나지 않은 몇 사람의 실루엣이 보였다. 식당 앞 고무나무 옆에는 203호 할머니가 서 있었다. 아침에 본 검은 옷차림이 상황에 잘 맞아 보였다. 1월 26일이 가까워지면 나라 전체에 우울감이 떠돌았다. 적막한 겨울밤, 어디에서나 쉽게 울음소리를 들을 수 있었다. 그맘때쯤 죽음을 선택하는 사람이 많아지는 건 놀라운 일이 아니었다. 특히 싸구려 모텔의 장기 투숙자라면 더더욱. 왜 26일 당일이 아니라 그 전날인 25일에 더 죽는 사람이 많을까 궁금했지만 어쩐지 알 것도 같았다. 203호 할머니는 허공에 시선을 두고 입을 열었다. 내게 걸어오면서 하는 걸로 보아 혼잣말은 아닌 듯했다.

인간은 나약해. 다른 사람들은 어떻게 살아가는지 보지도 않고 저 혼자 속수무책으로 무너진다. 인간은 나약하고 구질구질해.

203호 할머니는 마치 윤조네 할머니처럼 말했다. 어쩌면 소설 속 윤조의 할머니가 현실 세상으로 나와 203호 할머니에게 빙의했을지도 몰랐다. 그 눈은 사냥꾼만이 가질 수 있는 눈이었다. 나는 혀를 굴려 입안에 남은 누룽지를 모아 삼켰다. 몸 곳곳에 퍼져 있는 고무줄이 바짝 당겨진 것처럼 온 감각이 곤두섰다. 할머니는 말을 끝낸 뒤 가방에서 딜도를 꺼내 돌려주었다. 무거워서 사용하기 힘들다고 했다. 퇴근할 때 까먹지 않고 다 먹은 누룽지 봉지에 담아둔 딜도를 챙겼다. 내 모습을 본 사장은 꼴에 흉기를 들고 다니는 거냐고 개 같은 농을 쳤다. 안에 든 게 뭔지도 모르면서.

26일이 되자 거리에는 아무도 없었다. 꿈속에 들어온 것처럼 익숙한 동네가 낯설게 느껴졌다. 음식점과 각종 가게의 실내등은 켜져 있는데 슬쩍 들여다본 창 너머로는 사람이 보이지 않았다. 나는 편의점에서 아침 식사로 대신할 간식을 샀다. 편의점 알바생이 무료한 얼굴로 말없이 바코드를 찍었다. 한 번도 눈이 마주치지 않아 내가 사물이 된 것만 같았다. 에너지바 두 개를 주머니에 넣고 주먹밥 포장을 뜯었다. 주먹밥을 먹어치우고 커피우유를 입안에 가득 부어도 나 자신이 실감 나지 않았다. 음식물이 목과 장기를 지나 몸에 영양분으로 흡수되기까지 얼마나 걸릴까. 그 감각이 전해진다면 조금은 살아 있다는 걸 실감할 수 있을까. 구름이 꼈지만 공기는 포근했다. 1월은 겨울 냄새가 짙어지는 달인데 오늘 날씨는 이제 막 찾아온 봄의 느낌이네.

커피우유를 든 손이 하나도 시리지 않았다.

명은 등산로 벤치에 앉아 나를 기다리고 있었다. 밥은 먹었냐는 물음에 고개를 저으며 괜찮다고 했지만 말하는 대로 믿을 순 없었다. 명은 배가 고프면 신경이 예민해졌다. 말이 안 통한다는 듯이 말투에 짜증과 한숨을 섞고, 내 눈을 똑바로 바라보지 않았다. 명이 상대를 손쉽게 외면하는 방식이었다. 마음이 멀어지는 속도가 고스란히 전해졌으므로, 나는 내가 상처받지 않기 위해 언제나 주머니 속에 명의 간식을 챙겨 다녔다. 바람이 약하게 불었고 아무 일도 일어나지 않을 것 같았다. 낙엽을 밟는 소리. 명과 함께 어딘가로 향하고 있다는 사실 자체로 원하는 걸 획득한 기분이 들었다. 우리는 이제야 그동안 각자 어떻게 지냈는지 이야기를 나눴고 이따금 바람이 불면 말과 걸음을 멈췄다. 산길이 그다지 가파르지 않아 숨이 차지 않았다. 나는 우리가 걷고 있는 풍경을 단 하나도 놓치지 않기 위해 주변을 둘러보고, 명의 표정을 통해 기분을 파악하면서 걸었다. 그저 발과 다리가 아니라 온몸을 사용해 앞으로 나아가는 것 같았다. 어쩌다가 스치는 명의 손등, 비슷한 보폭, 산 냄새. 이 모든 게 나를 끌어당겼다. 더 환한 곳으로. 나는 슬쩍 명의 손을 잡았고 명은 가만히 내게 손을 잡혀주었다. 명의 이름은 굉장히 쉬운 한자였는데 그게 이름 명인지, 밝을 명인지, 목숨 명인지 기억나지 않았다. 이름이나 밝음이나 목숨이나 명의 얼굴을 떠올리기에 모두 충분한 단어로 느껴졌다. 뜻과는 상관없이 명의 이름을 부를 때면 종종 저 먼 곳에서 종이 울렸다. 세 가지 뜻이 잘 어우러진 듯한 알 수 없는 종소리. 아무래도 이름에 들어간 이응 받침 때문인 것 같았다.

있잖아, 『설탕으로 만든 사람』이라는 그림책이 있는데 그걸 읽고 있으면 책에서 단내가 난다. 사실 그렇게 재밌지도 않은데 나도 모르게 그 책을 찾게 되는 거야. 단내가 맡고 싶을 때마다.

그 책을 읽을 때 단내가 나는 것처럼 네 손을 잡고 있으면 너의 살결이 나를 안심시킨다는 소리는 하지 않았다. 명이 말의 속뜻을 찾아내주길 바라는 마음으로 그렇게 말했지만 딱히 알아주지 않아도 괜찮았다. 나는 내가 용기를 냈다는 것만으로도 충분히 마음이 벅찼다.

그거 나도 같이 본 적 있잖아. 그림이 좋았지, 내용보다는.

그치. 요즘에는 그 책의 결말을 내 마음대로 다

시 생각하고 있어. 마무리를 잘해야 완전히 좋아하는 이야기가 될 것 같아서 열심히 생각하는데, 나는 설탕으로 만든 사람이 결국에 녹아버리는 것밖에 안 떠올라. 이야기 만드는 데에는 역시 재능이 없구나, 실망만 하고 마는 거지. 그리고 또다시 생각하고 생각해.

녹아버리는 거 좋은데?

뻔하잖아. 일부러 칭찬할 필요 없어.

그래서 녹아버린 설탕 사람은 어떻게 되는데? 너라면 분명 설탕 사람을 녹인 다음에 또 무슨 짓을 꾸밀 거잖아.

명은 그렇게 말하고 내 손을 조금 세게 쥐었다. 문득 쳐다본 옆모습에는 아무런 속뜻이 담겨 있지 않았다. 우리가 연인이었던 시절에도 그랬다. 명은 의미심장한 말을 별것 아닌 듯 내뱉었다. 나는 명이 한 말에서 내가 해야 하는 것들이나 하고 싶었던 것들의 힌트를 얻었다. 그럴 때마다 명이 약간은 대단한 사람으로 보였는데, 내게 부족한 점을 아무렇지도 않게 해낸다는 점에서 그랬다. 나는 하나를 생각하면 그 하나에 매달려 둘을 볼 줄 몰랐고 명은 유유자적한 시선으로 많은 것을 볼 줄 알았다. 나는 명과 사귈 때 우리를 둘러싼 세계가 아니라 명만 바라보았다. 어쩌면 명의 눈에 비친 나만을 봤던 걸지도 몰랐다. 내가 생각하는 데 온 신경을 두고 있다는 걸 알아챈 명이 무심하지만 다정한 목소리로 말했다.

설탕으로 만든 사람은 억지로 녹이려고 하지 말고 그대로 네 안에 살아 있게 둬. 머릿속을 떠나지 않는 것들을 내버려두면 알아서 살아가게 되는 법이라고 네가 그랬잖아.

내가 그런 말을 했었나. 명의 말은 끔찍하게 들렸다. 하지만 끔찍하기만 하지는 않았고 어쩐지 아름답게 들리기도 했다. 원래 끔찍하기만 한 것들은 없지. 명과 함께 걸으니 어느새 넘어본 적 없는 산의 중턱을 지나가고 있었다. 나는 기운이 빠지면 잡은 손에 힘을 주어 의지하다가, 다시 기운이 나면 그 손으로 명을 이끌기도 했다. 산에 오르는 동안 아무렇게나 내버려두었던 예전 기억이 비어져 나왔다. 언젠가 놀러 간 계곡에서 어떤 사람이 울고 있었다. 나는 그 사람이 왜 우는지 이해되지 않지만 함께 슬퍼졌다. 핸드폰을 떨어뜨린 건지 물었을 때 그 사람은 잠긴 목소리로 동생을 잃어버렸다고 했는데 나는 그렇구나, 하고 말았다. 그 사람이 계곡

을 바라보며 울고 있다는 사실만이 잊히지 않을 만큼
아름답게 느껴졌다. 빠른 속도로 흐르는 물과 이끼가
낀 짙푸른 바위, 울음소리, 흔들리는 어깨, 계곡을 감싸
고 있는 산의 휘파람, 동생을 잃었다는 문장의 발음. 그
것들이 한 장면으로 모두 어우러져 너무 아름다워 보였
고, 그걸 아름답다고 느끼는 나 자신이 끔찍하게 느껴
졌다.

평평하고 둥근 바위에 앉아 외투를 벗었다. 산
정상은 아니었지만 충분히 마을이 내려다보였다. 우리
는 그곳을 정상이라고 믿기로 했다. 뭐든지 실제보다
는 그렇게 믿는 마음이 더 중요하므로. 마당이 있는 집
과 무용해진 공원 등 동네 군데군데 작은 연기가 하늘
로 피어오르고 있었다. 마스크와 낙엽을 모아 태우는
것을 금지하는 이유는 사실 대기오염보다도 공기 중에
흐르는 탄내 때문에 26일이 더욱더 슬프게 느껴져서일
것이다. 사람들은 우울과 절망을 전파하는 일에 예민하
게 구니까. 하지만 인터넷에서 벌어지는 논쟁과는 달리
현실에서 마스크와 낙엽을 모아 태우는 것을 막는 사람
은 없었다. 죽은 이를 기리기 위해 피운 불을 누가 꺼트

릴 수 있을까. 참견하거나 잔소리는커녕 말도 걸 수 없을 것이다. 우리는 숨을 고르면서 연기가 회색 뱀처럼 하늘로 오르다 서서히 퍼지는 모습을 지켜보았다. 등에 난 땀이 순식간에 식었고 연기를 보는 동안 가슴이 싸늘해졌다. 명은 슬슬 추울 텐데도 벗어둔 외투를 입지 않고 오래도록 연기를 응시했다. 나는 괜히 긴장감이 들어 명의 기분을 유추하며 옆구리를 찔렀다. 명은 어떠한 반응도 없이 이제 내려가자며 자리에서 일어났다. 여기까지 올라온 건 처음인데 올라오자마자 내려가기 아쉬웠다. 산에 오른다는 거 생각보다 의미가 없구나. 내가 너무 큰 기대를 한 것일까. 누군가 불을 피우는지 어디선가 매캐한 냄새가 강하게 났다. 냄새는 우리가 걸어온 등산로와 반대 방향의 샛길 쪽에서 났다.

보러 갈래?

그렇게 말하면서 명은 이미 샛길 쪽으로 방향을 틀었다. 처음 가보는 길은 어쩐지 의심스럽고 피로하게 느껴졌지만 명이 홀린 듯이 그쪽으로 향했기 때문에 나는 따라갈 수밖에 없었다.

샛길은 길이라기보다 사람이 몇 번 지나간 흔적이나 작은 짐승의 통로에 지나지 않았다. 땅에서 아무렇게나 자라난 작은 나뭇가지가 다리를 찔렀고, 그중에는 가시가 돋친 것도 있었다. 겨울의 나무는 이파리가 없고 얼어 있어 평소보다도 날카롭게 느껴졌다. 명은 그 길을 허겁지겁 걸어 내려갔다. 외투가 상할까 하는 걱정 없이 팔과 가슴으로 사나운 잔가지를 밀치면서. 나는 망설이지 않고 나아가는 명의 걸음걸이와 동그랗게 예쁜 뒤통수를 보며 우리가 지금 어디로 가는 걸까 생각했다. 이상한 세계를 발견한 어린 모험가가 된 것 같았다. 이 나무들과 흙길을 뚫고 나가면 드넓은 언덕이나 여름과 마주할 수 있지 않을까. 그 정도는 아니더라도 정말로 명과 새로운 곳에 당도하게 될 것만 같았다. 길고 어두운 터널 끝에는 반드시 빛과 길이 있는 것처럼.

산에서 거의 다 내려왔을 때 낯선 풍경이 보였다. 명을 만났던 등산로와 전혀 다른 곳이었다. 동네에서 한 번도 보지 못했던 논이 조그맣게 펼쳐져 있었다. 벼의 밑동만 남은 메마른 논바닥에서 한 사람이 허리를 숙인 채 불을 더욱 크게 지피고 있었다. 멀리서 보았을 땐 그렇게 생각했지만 가까이 다가가자 허리를 숙인 게 아니라 서 있는 자세가 원래 구부정한 할아버지였다. 공기가 아무리 포근해도 겨울은 겨울인지 논바닥은 딱

딱하고 울퉁불퉁해 걷기에 불편했다. 할아버지는 숨이
다 죽은 황토색 점퍼를 입고 있었다. 키가 작고 다리가
말랐는데도 중심을 잡고 있는 하체가 다부졌다. 지푸라
기와 낙엽, 마스크가 한데 섞여 불길에서 검은 연기가
솟아올랐다. 나는 멀찍이 서서 열기를 느끼며 몸을 쬐
었다. 명의 얼굴에 붉은빛이 감돌았다. 할아버지는 우
리가 뒤에 있다는 걸 알고 있는 듯했지만 말없이 조용
히 불을 들쑤셨다. 종종 마스크가 불에 타면서 날아갔
다. 나는 산불로 번지지 않을까 불붙은 마스크를 눈으
로 좇았다. 정작 할아버지는 무심하게 담배를 태웠다.
돌풍이 불자 불 옆에 있던 종이 박스가 산 쪽으로 굴러
갔다. 명은 우스운 자세로 박스를 잡아 할아버지에게
건넸다. 할아버지는 고맙다고 말하고는 박스를 불 속으
로 던져 넣었다. 할아버지와 명은 불에서 시선을 떼지
않았다. 세상에 움직이는 거라곤 불밖에 없었다.

　　녹색 담요가 돗자리처럼 펼쳐져 있었다. 친척들
이 고스톱 칠 때 종종 이용하던 군대 모포였다. 그 위에
는 명태전, 사과, 초콜릿, 잡채, 곶감 등 몇 가지 음식이
담긴 일회용 접시와 커다란 종이 박스가 놓여 있었다.
할아버지는 땔감이 필요한 듯 종이 박스에서 하나씩 물

건을 꺼냈다. 이제 곧 태워질 텐데도 망가질까 봐 조심
스러운 손길이었다. 아동용 멜빵바지와 직접 손으로 떠
서 만든 듯한 스웨터, 짙은 파란색의 저고리와 치마, 흰
속치마가 옷걸이에 걸린 채 꽝꽝 언 논바닥에 놓였다.
할아버지는 옷을 다 꺼낸 뒤 담배를 하나 더 물었다. 바
람 때문에 라이터 불이 자꾸만 꺼져 내가 가서 직접 불
을 붙여드렸다. 속이 답답하고 배가 출출해 나도 담배
를 피우고 싶었지만 왠지 그래선 안 될 것 같아 주머니
속 담뱃갑만 만지작거렸다.

날씨가 포근했지만 눈이 내리기 시작했다. 눈인
지 비인지 헷갈렸으나 먼 곳에 눈을 두면 보이는 전체
적인 풍경으로 눈인 것을 알 수 있었다. 할아버지는 하
늘을 보며 무어라 욕을 내뱉었다. 불은 아직 잘 타고 있
었다. 눈꺼풀 위로 눈이 내려앉아 녹는 것이 느껴졌다.
한참을 가만히 있던 명이 할아버지의 점퍼 소매를 붙잡
고 말했다. 지금까지 담담하던 모습과 달리 불안한 낯
빛을 띠었다. 나는 명의 기분을 고스란히 전달받은 것
처럼 초조해졌다.

할아버지 불이 꺼지면 이걸 다 어떡해요 어떡해요.
뭘 어떡해. 남은 거 다시 챙겨 가서 마당에서 마저

태워야지. 방해되니까 저리 비켜.

　　나는 할아버지에게 밀려난 명의 얼굴을 바라보
았다. 제 것을 빼앗긴 아이처럼 서글퍼 보였다. 내가 할
수 있는 건 없었다. 언제나 그랬다. 명은 감정을 잘 드러
내지 않고, 어쩌다 드러낸 감정에 대해 내가 물으면 침
묵으로 일관했다. 나는 그럴 때마다 명을 이해할 수 없
었다. 내게 명은 이해할 수 없는 것이었다. 그래서 오랫
동안 명을 사랑할 수 있었다. 나는 뒷걸음질로 멀리 떨
어져 담배에 불을 붙였다. 뒷짐 진 할아버지와 그의 회
색 머리카락, 연기가 한층 짙어진 불길, 뒷모습만 봐도
울기 직전인 게 분명한 명, 명의 미약한 흔들림, 바람이
부는 방향으로 휘어지며 내리는 눈발. 비 같은 눈. 혹은
눈 같은 비. 이해할 수 없지만 이 장면은 아름다웠다. 신
의 손가락이 내 머리통을 두드리며 넌 이걸 기억해야만
해, 하고 말하는 것 같았다. 이해되지 않는 것과 아름답
다고 느끼는 것은 별개인 걸까. 나도 그 풍경에 함께 있
다는 게 실감 나지 않았다. 서서히 날이 저물어갔다. 그
동안 명과 할아버지는 조금도 움직이지 않았고, 나는
시간이 흐르는 사진을 감상하는 것 같았다. 명은 내가
뒤에 떨어져 있다는 걸 발견하고 옆에 와서 섰다.

지금 이 순간을 눈에 잘 담아놓고 싶어.

너는 아직도 한쪽으로 쏠려 있구나.

명은 그렇게 답하고는 연기를 바라보았다. 마스크와 낙엽이 만들어낸 연기가 아닌 할아버지의 담배 연기 쪽이었다. 나는 주머니에서 에너지바를 꺼내 명에게 건넸다. 명은 그런 나를 물끄러미 쳐다볼 뿐 손을 뻗지 않았다. 이미 내가 알고 있는 눈빛이었다. 도저히 이해할 수 없는 것에게 보내는 경멸의 시선. 나는 보란 듯이 에너지바의 포장 껍질을 벗겨 한입 베어 물었다. 까만 연기와 담배 냄새 속에서 에너지바는 한층 달았다. 명은 마른세수를 하고 불길을 바라보며 말했다.

너 설탕으로 만든 사람을 녹인다고 했잖아. 왜 녹이려고 했어? 이유 같은 거 없이 그냥 녹이고만 싶은 거잖아. 우리 그래서 헤어졌던 거야.

나는 하고 싶은 말이 많았지만 속으로 삼켰다. 그저 그렇구나. 우리는 그래서 헤어졌구나, 곰곰이 명의 말을 되새길 뿐이었다. 하늘은 저물고 있는데 내리는 눈의 양과 세기가 여전했고, 불길의 크기도 마찬가지였다. 이런 풍경은 언제 끝날까. 끝났다고 생각했는데 나도 모르게 내 안에서 자라나는 이야기가 있다는 말은 너무 끔찍해. 할아버지는 마치 불길 속에 들어가 있는 것 같아 보였다. 할아버지 안에 있던 작은 불씨가 점점 커져서 할아버지를 집어삼킬 만큼 거대해진 것처럼. 마음속에 남겨둔 불씨는 뭘 먹고 자라날까. 윤조는 청귤에이드와 여름 과일을 좋아했는데, 이제 내가 모르게 된 윤조는 뭘 먹으면서 지내려나. 내가 지어낸 이야기 속에서 살아남으려면 땀을 꽤 많이 흘려야 했을 것이다. 불은 사그라지는 것 같으면서도 잘 탔다. 그 소리가 듣기 좋았다. 머릿속에서 책장이 넘어진 것처럼 수많은 페이지가 열리는 소리.

샤워기 아래에서 오래도록 뜨거운 물을 쐬었다. 뭐라도 생각을 하고 싶었지만 생각할 거리가 잘 떠오르지 않았다. 김이 가득한 욕실이 아득하게 느껴졌다. 할아버지는 하늘로 올려 보낼 물건들을 무사히 다 태웠을까. 나는 슬쩍슬쩍 손등으로 눈물을 훔치고 있는 명의 팔목을 잡고 그 장면에서 빠져나왔다. 집으로 가는 방향을 찾기 위해 논바닥을 꽤 걸어야 했다. 명은 말없이 내 방으로 조용히 이끌려 왔다. 기운이 다 빠진 몸뚱어리는 잡아끌기 편했다. 외투부터 스웨터와 바지, 양말까지 벗기고 의사를 묻지 않은 채 가벼운 입맞춤을 하고 머리를 감기기도 쉬웠다. 쏟아지는 물을 한껏 맞고 나자 정신이 들었는지 명은 먼저 욕실에서 나갔다. 나는 그제야 피곤이 몰려왔다.

내가 벗긴 그대로 명의 옷가지가 허물처럼 바닥에 놓여 있었다. 나는 수건으로 대충 몸을 닦고 옷을 주워 의자에 걸쳤다. 명은 얌전히 침대에 누워 어깨까지 이불을 덮고 있었다. 등과 뒤통수밖에 보이지 않아 잠이 들었는지는 알 수 없었다. 젖은 머리카락을 말려주고 싶었다. 나는 찬물을 컵에 따라 마셨다. 혹시나 잠들었을지도 모를 명을 깨우고 싶지 않아 헤어드라이어는 사용하지 않았다. 명은 내 침대와 잘 어울렸다. 너무 딱 맞아서 마치 옛날부터 이곳에 누워 있던 사람 같았다. 발가벗은 모습 그대로 내 방에서 함께 지내면 좋겠다, 정말 그러면 좋겠어. 내가 오늘처럼 머리도 감겨주고 몸도 닦아줄 테니. 슬픈 욕심이 비어져 나왔고 그래서 마음이 조금 가라앉을 때까지 가만히 선 채로 명의 뒷모습을 지켜보았다. 나도 옷을 입지 않고 이불에 들어갔다. 맨살끼리 닿으니 따뜻하고 기분이 좋았다. 하지만 누구도 먼저 서로의 몸을 매만지지 않았고, 앞으로도 그런 일은 일어나지 않으리라는 것을 알 수 있었다. 우리는 아무것도 입지 않은 채 딱 붙어서 완전히 남이 되었다. 이제는 슬프지 않았고 그저 그 사실이 덤덤하게 와닿아서 아무런 기대를 하지 않을 수 있었다.

명과 막 헤어졌던 시기에는 일기든 소설이든 글을 쓰는 데에 심혈을 기울였지만, 사실은 이미 글쓰기와 연애에 흥미를 잃었다는 걸 잘 알고 있었다. 그래서 더 열심히 했다. 글쓰기를 멈추면 나 자신이 끝날 것처럼 부질없는 이야기를 억지로 잡아당겼다. 그때 명과 사람들은 내게 비슷한 조언을 했다.

어느 날은 내가 소설을 쓰기 때문에 말을 거의 하지 않는다는 말을 들었다.

어느 밤에는 내가 소설을 쓰기 때문에 다른 사람의 말을 잘 듣지 않는다는 말을 들었다.

어느 계절에는 내가 소설을 쓰려고 하기 때문에 일부러 우울해지려고 한다는 말을 들었다.

어느 꿈에서는 내가 소설을 쓰려고 하기 때문에 다른 모든 걸 다 놓아버리지 않았냐는 말을 들었다.

모든 건 무얼 말하는 걸까. 이 말 중에는 다른 사람들이 한 말보다 내가 나에게 한 말이 더 많았다.

움직임이 없어 잠든 줄만 알았던 명은 여전히 내게 등만 내보인 채 입을 열었다.

네가 설탕으로 만든 사람을 어찌하든지 말든지 이건 기억해야 할 거야. 너도 그 이야기 속에 있다는 거. 넌 자꾸만 그걸 까먹어. 아니, 자각한 적이 없지. 나는 이제 오지 않을 거야.

나는 대답하지 않고 명의 등에 입을 맞췄다. 팔을 뻗어 스탠드 조명을 끄자 익숙하고 따뜻한 어둠이 서해의 파도처럼 진득하게 밀려들었다. 나는 보이지 않는 명을 잠자코 바라보다가 뒤돌아 누웠다. 명의 말이 밉지 않았다. 무언가 혹은 누군가를 갈망하고 원하는 것만으로는 삶을 지속할 수 없다는 생각이 들 뿐이었다. 명은 정말로 이제 다시는 나를 찾아오지 않을 것이다. 자기 말에 책임을 다하는 애니까. 슬슬 눈이 감겨왔다. 이대로 잠들었다가는 악몽을 꿀 게 분명했다. 물론 그것도 나쁘지 않았다. 어둠에 익숙해진 눈으로 방문의 네모나고 길쭉한 형태를 보았다. 그 테두리가 지하철에서 바라본 한강처럼 일렁였다. 아른거리다 사라지는 문. 나는 눈을 감았다. 숲에 가고 싶어졌다. 산에 오르고 싶다기보다 녹음이 짙은 숲속에 들어가 길을 잃고만 싶었다. 이를 어쩌면 좋지, 라는 마음을 가지고 오랫동안 해가 질 때까지 숲속을 헤매다가 외딴집 하나를 발견해서 그곳에 잠시 머물고 싶었다. 이 마음은 결국 헤매는 데 중점이 있는 게 아니라 쉴 곳을 만나고 싶은 것에 가까운가. 그렇다면 참 시시하다. 너는 참 시시하구나. 노인의 목소리가 먼 곳에서 들려왔다. 이해되지 않는 것들은 왜 모조리 다 슬픈 것인지. 나는 숲으로 들어가 춤을 추고 싶었다. 전혀 다른 종류의 음악 두 개를 틀어놓고서 그럴듯한 춤을 추는 사람이 되고 싶었다. 팔다리가 유연하게 움직일수록. 저 멀리서 총소리가 들렸다. 내가 춤을 추는 동안, 아니 잠에 들어가는 동안 사냥꾼들이 몰려오고 있었다.

빈뇨 감각

잠에서 깨니 침대에는 나 혼자였다. 의자에 걸어둔 명의 옷이 보이지 않았다. 뼈대만 남은 의자는 유난히 딱딱해 보였다. 명은 사용한 수건이라든지 컵이라든지 자신의 흔적을 전혀 남기지 않았다. 어쩌면 명을 만난 게 꿈이었을지도 모른다는 생각이 들었지만 불에 탄 재 냄새와 명의 살냄새가 생생하게 떠올랐다. 좋은 꿈이었어. 원하는 것을 실컷 만지고 좋은 냄새를 맡고. 명이 누워 있던 자리를 보고 있으니 무력하고 허탈한 기분이 들었다. 이게 어떤 기분인지, 기분이라고 불러야 하는지, 감정이라고 말해야 하는지 도대체 알 수가 없었다. 알 수 없는 것들을 고민하는 건 괴로워. 다시 잠에 빠지려고 베개에 얼굴을 파묻었으나 잠은 오지 않고 눈물이 찔끔 나왔다. 따뜻한 국물을 먹고 싶어 냄비에 물을 올리고 미소 된장을 풀었다. 두부가 없어서 미역이라도 넣으려고 서랍을 열었지만 미역도 없었다. 어느새 된장뿐인 국물만 팔팔 끓었다. 보일러를 켰으나 방은 금방 데워지지 않았고 발을 딛는 바닥마다 찼다. 너무 일찍 일어난 탓일까. 햇살이 전혀 들지 않아 방 안이 어두웠다. 나름대로 잘 살고 있다고 생각했는데 문득 방을 둘러보니 가구가 테이블과 침대밖에 없어서 휑하다고 느껴졌다. 대충 쌓아둔 옷가지와 책 몇 권이 뒤섞인 채 방구석에 놓여 있었고 테이블과 싱크대에는 며칠 전에 먹은 구운 계란의 잔해와 구겨진 페트병이 뒹굴었다. 창문에는 햇살과 한기 그 어느 것도 막아주지 못하는 커튼이 오래된 거미줄처럼 걸려 있었다. 이전에 살던 사람이 미처 제대로 정리하지 못하고 급하게 떠난 후 남은 빈집처럼 내 방은 어설펐고 생기가 없었다. 스스로 잘 챙기지 못하고 살아왔구나. 사람의 온기가 느껴지지 않는다는 점에서 이 방은 사랑받지 못하는 티가 났다. 나는 급한 대로 생수를 사러 가기 위해 잠옷 위에 외투를 걸치고 나왔다.

해가 뜨지 않은 거리는 컴컴하고 사람이 없어서 버려진 동네 같았다. 명은 언제 나갔을까. 잠결에 문 닫 히는 소리를 들었던 것도 같은데. 잡생각을 하며 걷다 가 가까운 편의점을 지나쳐버렸고 커다란 코트를 입은 낯익은 뒷모습이 저 멀리 보였다. 나는 203호 할머니를 따라갔다. 제법 멀리 떨어져 있었지만 할머니의 걸음이 느려 금세 따라잡을 수 있었다. 일찍 문을 연 상점을 몇 개 지나고 근린공원을 지났다. 도로가 한적했음에도 할 머니는 꼬박꼬박 신호를 지켰다. 나는 차가 오지 않는 걸 확인한 뒤 재빨리 그 뒤를 쫓았다. 슬슬 날이 밝아 올 시간인데 비가 올 듯 잿빛 구름이 뒤덮고 있어 하늘 이 어두웠다. 무슨 생각으로 따라왔을까 후회가 들 때 쯤 할머니는 천변의 벤치에 앉았다. 나는 하천 쪽으로 내려가지 않고 다리 위에 서서 할머니와 하천을 내려다 보았다. 할머니는 마스크를 벗어 손가방 안에 집어넣었 다. 그리고 가만히 앉아 물가 쪽에 시선을 둔 채 아무것 도 하지 않았다. 누군가를 기다리듯 허리를 곧게 펴고 손을 모은 채로. 뭘 보고 있는 건지 궁금해 시선 끝을 따라가니 여전히 졸졸 흐르는 하천뿐이었고, 그렇게 내가 할머니를 보고 있는 동안 커다란 날개를 가진 흰 새 두 마리가 날아갔다. 날이 밝아오고 있었다. 점점 지나다니는 사람의 수가 많아지고 차의 경적도 커졌다. 문득 들여다본 손바닥이 창백했다. 할머니는 이른 시간에 일어나 산에 다녀온다고 했으면서 언제나 여기에 와 있던 걸까. 산에 간 적도 있겠지. 올라간다기보다 걷는다는 느낌으로 천천히 산속으로 들어가 평평한 바위나 벤치 같은 곳에 앉아 가만히 있었을 것이다. 그 마음이 이해되지 않았지만 아주 약간은 공감할 수 있을 것만 같았고, 나는 핸드폰을 꺼내 엄마에게 전화를 걸었다. 신호음은 생각보다 짧았다.

일찍 일어났네. 엄마, 나 집에 갈게.

왜, 무슨 일 저질렀어?

미역이랑 물이 없어.

사람 사는 집에 물이 떨어지면 어떡하니. 물은 자주자주 먹어야 해. 미역은 상하지 않으니까 비상식량처럼 두라니까. 먹을 거 없을 때 해 먹기 얼마나 좋아. 다른 사람들한테 피해 주지 말고 알아서 자기를 잘 챙겨야지.

그러니까 말이야. 집에 가야겠어.

엄마는 내 말을 듣는 건지 마는 건지 잔소리를 몇 개 더 늘어놓다가 전화를 끊었다. 나는 꼼짝 않고 앉아 있는 203호 할머니를 더는 보고 싶지 않았다. 명은 보고 싶지만 볼 수 없었다. 아무 사건도 일어나지 않았는데 나는 마치 중요한 일에 실패한 기분이 들었고, 본가의 소파에 누워 낮잠을 자고 싶었다. 베란다로 들어오는 햇빛에 감은 눈이 부신 채로 집 냄새를 맡고 싶었다. 나는 고유의 냄새를 갖기에 아직 이른 걸까, 혹은 무언가가 부족한 걸까.

현관문 비밀번호가 곧바로 떠오르지 않아 몇 분이나 고민하다가 겨우 집 안에 들어갔을 때 환하고 노란 센서 등이 켜졌다. 엄마와 언니는 싱크대에 서서 뒤도 돌아보지 않은 채 대충 인사를 건넸다. 그 익숙한 뒷모습을 보니 안심이 됐다. 무거울 것도 없는 배낭을 바닥에 내려놓자 몸이 순식간에 가벼워졌고 얼었던 발가락에 온기가 스몄다. 엄마와 언니는 내가 온 기념으로 소고기뭇국을 끓이고 있었다. 소고기뭇국은 딱히 좋아하는 음식은 아니었지만 겨울의 끝자락에 잘 어울리는 음식이지. 옷을 입은 채로 브래지어만 벗어 소파에 던졌다.

이제 좀 살겠네, 아예 벗고 올걸 그랬어.

엄마는 소파에 걸쳐진 브래지어를 흘깃 보고 다시 싱크대로 고개를 돌렸다. 두 사람은 옥신각신 싸우고 있었다. 아직 자르지 않은 무를 두고서 깍둑썰기를 할지 나박썰기를 할지, 누가 칼을 쥘 것인지 말이 빠르게 오갔다. 엄마는 깍둑썰기를, 언니는 나박썰기를 주장했다. 깍둑썰기는 깍두기처럼 깍둑깍둑 썰어야 하는 것이었고, 나박썰기는 말 그대로 나박나박 써는 것이었다. 이 장면은 이솝 우화에 나오는 여우와 두루미 같잖아. 아닌가, 그건 다른 건가. 이건 그냥 두 마리 멍청한 새가 머리를 맞대고 한 마리의 벌레를 머리부터 먹을지 아니면 꼬리부터 먹을지 고민하는 내용의 이야기인가. 아무튼 무는 깍둑깍둑 썰리기 시작했고 그 이유는 엄마가 일을 하기 때문이었다. 돈을 벌어 오는 역할이라는 건 꼭 돈과 관련된 일이 아니더라도 사사건건 힘을 발휘하니까. 언니는 결국 자기 마음대로 할 거면서 왜 물어봤느냐고 엄마에게 핀잔을 주며 내 맞은편에 앉았다. 엄마한테 전해 듣기로 언니는 직장을 그만둔 후 방 안에 틀어박혀 잘 나오지 않는다고 했다. 왜 직장을 그만두었는지 물어보기에는 타이밍이 조금 늦은 것 같아 아무 말도 꺼내지 않았다. 냄비에서 지나치게 많은 김이 뿜어져 나오고 있었다. 고요한 집 안에 물 끓는 소리와 무가 천천히 썰리는 소리만 들렸다. 왜 평소처럼 텔레비전을 켜두지 않았을까, 칼질은 왜 점점 느려지는 것일까 생각하는 사이 엄마의 어깨가 눈에 띄게 들썩였다. 곧 칼질이 멈췄다. 굳이 앞모습을 보지 않아도 손등으로 눈물을 훔치는 동작을 쉽게 유추할 수 있었다. 엄마는 곧이어 소리를 내면서 울었다. 어찌 된 영문인지 의문과 놀라움이 담긴 시선을 언니에게 옮겼지만 언니는 여전히 턱을 괸 채로 인상을 찌푸리고 있었다. 나는 엄마를 달래야 한다고 생각하면서도 몸이 굳어 자리에서 일어나지 못했다. 엄마는 칼을 쥔 채로 뒤돌아 소리를 질렀다.

내가 내 마음대로 한다고? 내 뜻대로 된 게 뭐가 있는데. 뭐가 있느냐고.

새된 목소리는 목이 아니라 머리에서 나오는 것처럼 쨍했고 몇 년 만에 입을 연 사람처럼 음의 높낮이가 엉망이었다. 엄마의 붉어진 얼굴에는 눈물이 묻어 있었다. 언니는 조용히 자리에서 일어나 자기 방으로

들어가버렸다. 나는 그제야 일어나 물을 따라 엄마에게
건넸다. 엄마는 금방 차분해진 듯했으나 여전히 눈물이
눈물샘을 비집고 새어 나왔다.

　　저게 나를 무시하잖아.

　　나는 동의가 아닌 괜찮다는 의미를 담아 고개를
끄덕였다.

　　소고기뭇국은 따뜻하고 맛있었다. 함께 먹은 오
이소박이도 개운하고 깔끔했다. 언니는 저녁 식사 내내
방 밖으로 나오지 않았고 엄마는 기분이 나빠 보이지는
않았다. 국이 싱겁니 짜니 묻고 좋은 소고기로 하니까
안 질기고 부드럽다며 웃었다. 밥을 다 먹은 후에는 콧
노래를 흥얼거리며 설거지했다. 연속극 시작할 시간이
니까 텔레비전을 틀어달라고 한 후, 괜찮은 입욕제를
선물받았으니 욕조에 물 받아서 써보라고 등을 떠밀었
다. 나는 어영부영 리모컨을 손에 든 채 욕조에 물을 받
았다. 슬쩍 언니 방문을 열었다. 스피커에서 발랄한 팝
송이 흘러나왔고 언니는 고개를 까딱이며 비즈 팔찌를
만들고 있었다.

　　엄마, 왜 또 저래?

　　사귀던 아저씨가 유부남이라는 걸 알아버렸거든.

엄마 애인 있었어?

사귄 지 꽤 됐는데, 그래서 같이 사는 것까지 생각했나 봐, 엄마 딴에는. 암튼 꼭 이유가 없더라도 막 울다가 화내다가 다시 원래대로 돌아오니까 그냥 모르는 척해.

완전 쌍놈이네.

언니는 설명하기도 지겹다는 듯 스피커 음량을 키워버렸다. 비즈 알 두어 개가 바닥에 떨어졌다. 나는 허리를 숙여 멀리까지 굴러간 비즈 알을 집어 들고 엄지, 검지, 중지 세 손가락으로 굴렸다.

너 근데 집에 왜 왔냐?

언니 방 밖으로 잘 안 나온다며, 회사 때려치운 거랑 관련 있는 거야?

언니는 관련이 없다고 딱 잘라 말했지만 그 이유에 대해서는 입을 열지 않았다. 나는 괜히 비즈 알만 내려다보면서 다시 일할 생각이 있느냐고 물었다. 비즈 알이 유난히 빨겠다. 이걸 줄줄이 엮어 팔찌를 만들면 너무 어린애 장난감처럼 보일 것 같았다. 언니의 오른 손목에 채워져 있는 푸른색 비즈 팔찌도 직접 만든 것인지 조잡하고 우스워 보였다.

나도 모르겠어. 그냥 지금 만족스러워.

만족해, 정말?

아마도.

언니가 만족하면 된 거지 뭐.

정말 된 거니, 이게?

언니의 말은 의문형이었지만 그 질문이 나를 향한 것처럼 느껴지지 않았다. 나는 대답을 해야 하나 고민하다가 비즈를 책상 위에 올려두고 자리에서 일어났다. 언니는 내게 빨간색을 좋아하냐고 물었다. 그 물음에는 쉽게 대답할 수 있었다. 아니.

집에 온 지 일주일이 지나도록 나는 원하던 낮잠에 단 한 번도 들지 못했다. 엄마 주변을 얼쩡거리고 말을 걸며 컨디션을 확인해야 했다. 엄마는 말없이 외박하고 돌아온 어느 날 출근을 하지 않았고 언니는 엄마의 담당 팀장이라는 사람과 짧게 통화했다. 한 번만 더 무단결근하면 일을 하지 못한다는 간결한 경고였다. 언니는 엄마에게 전화 내용을 사무적으로 전달했다. 나는 그 장면을 지켜보면서 물병 입구에 입을 댄 채로 물을 삼켰다. 그다지 목이 마르지 않았는데 뭐라도 하는 척을 해야 했다. 혼자 살 때는 물을 너무 안 먹어서 문제였는데 집에 온 뒤로는 물 때문에 계속 배가 부르고 소변이 자주 마려웠다. 엄마는 정말 자주 울었다. 잠든 얼굴을 가까이 다가가서 바라보면 자면서도 눈물을 흘리고 있었다. 처음에는 감은 눈 위에 손수건을 올려주었지만 이제는 그래, 차라리 자면서 조용히 우는 게 낫지, 하는 생각으로 눈물이 소파 위에 떨어지도록 내버려두었다. 깨 있을 때는 정말 이해되지 않는 타이밍에 울음을 터뜨리니까. 그럴 때마다 나는 또 시작되었구나, 미간을 찌푸리며 화초에 물을 주고 나도 물을 먹고 바로 화장실에 가 소변을 보았다. 언니는 먹고 쌀 때 빼고는 방에서 나오지 않았다. 낚싯줄에 비즈를 줄줄이 꿰고 있다가 내가 들여다보면 방문을 잠갔다. 집은 고요하고 어떤 의미로는 평온했다. 일정한 균열감과 스트레스가 시야에 방해되지 않는 정도의 안개처럼 낮게 깔린 나날이었다. 나는 엄마가 우는 얼굴을 볼 때마다 기분이 더러웠다. 그건 엄마가 우는 게 슬픈 것과는 별개로, 미간이 찌그러지고 입매가 아래로 처지는 그 표정이 나와 너무 똑같기 때문이었다. 나는 내가 울 때의 얼굴을 싫어했다. 우는 얼굴은 웃는 것보다 더 못생겨졌다. 그래서 남들 앞에서는 울지 않았고, 사실 잘 웃지도 않았다.

　　　엄마는 낮잠을 자면서도 눈물을 흘렸고 깨어나면 소리 내어 울기 시작했다. 나도 낮잠을 자고 싶었다. 엄마처럼 울면서라도 좋으니까 깊은 잠에 들고 싶었다. 집에 온 뒤 제대로 된 잠을 잔 적이 없었다. 낮과 밤 상관없이 아무리 소변을 봐도 잔뇨감이 들었고 금방 또 소변이 마려워졌다. 자다 깨고 화장실에 가고 엄마가 우는 걸 보고 싶지 않아도 보게 되고 물을 먹고 다시 잠에 들었다가 깨는 것이 일과가 되었다. 아무리 물을 덜 먹으려 해도 엄마와 언니를 보면 목과 가슴을 지나 배 깊은 곳까지 찬물을 집어넣을 수밖에 없었다. 의식적으로 물을 입에 대지 않으려 노력했으나 잘되지 않았고 이제는 될 대로 되라는 식으로 벌컥벌컥 쏟아부었다. 엄마의 울음소리를 배경으로 밥을 한 숟가락 입에 집어넣었다. 사장님한테 심심하지 않냐는 메시지가 와 있었다. 이 인간은 눈에 보이지 않아도 짜증 나게 하는구나. 질질 짜는 배경음과 어우러진 메시지에 입맛이 완전히 떨어졌다. 오랜만에 들어간 SNS에는 무용한 일화와 유머가 가득했다. 그중에 '인간이 느끼는 쾌락을 수치화한 표'라는 게시글을 눌렀다. 각종 상황에 따른 쾌락의 정도가 점수로 매겨져 있었다. 첫 키스는 2점, 궁금증 해소는 5점, 웃음 15, 울음 16. 울음이 웃음보다 1점 높았다. 엄마는 그래서 웃는 게 아니라 우는 것일지도 몰랐다. 1점 더 높은 쾌락을 맛보기 위해. 쾌락은 뭔가 해소되는 기분인 걸까. 엄마는 너무 자주 울었다. 쾌락도 자주 느끼는지는 모르겠다. 좋아하는 이성과의 교제에 성공한 순간은 80점. 엄마는 80점의 쾌락은 죽어도 느끼지 못하겠지. 쾌락에 플러스는 없으니 그저 16점의 연속인 것이다. 16점의 쾌락을 마무리한 뒤 엄마는 내가 있는 테이블로 와 앉았다. 그리고 평소처럼 다정하게 밥 위에 김을 얹어주었다. 속눈썹에 눈물을 매단 채로.

갈 때 김이랑 김치 가져가. 둘 다 두고두고 먹을 수 있는 거니까. 이거 구운 지 얼마 안 돼서 고소하고 맛있어.

나 언제 갈 건지는 안 물어봐? 안 궁금한가 봐?

엄마는 뭐가 웃긴지 입가에 미소를 띠었다. 얼굴에 남아 있는 눈물을 닦은 뒤 입을 열었다.

너도 내가 왜 우는지 안 물어보면서. 남한테 피해만 안 주면 되는 거야.

남한테 피해를 주면 안 된단다. 생각해보면 엄

마는 내가 어렸을 때부터 자주 그렇게 말했다. 다 커서 혼자 살게 되어 어쩌다 연락할 때도 잊지 않고 당부했다. 그 말이 자주 생각나지는 않았으나, 나도 모르게 머릿속에 박혀버린 듯했다. 나는 남에게 피해를 주어서는 안 된다. 문득 생각나 엄마에게 물었다.

엄마 왜 나한테 그런 말을 해?

그냥.

잠시 정적이 돌았다. 엄마는 별것 아니라는 듯 덧붙였다.

옛날에 옆집에 무당이 살았는데 네 얼굴을 보고 말하더라고. 저지른 짓이 고스란히 돌아올 사람이라고. 좋은 일이든 나쁜 일이든.

나는 권선징악 같은 사람인 걸까. 흥부 놀부처럼. 다행인 건 아직 내게 돌아온 게 없다는 거였고 불행인 건 그 말을 생각하면서 살아오는 동안 남에게 피해 주지 않는 대신 스스로에게 잘못을 돌리는 사람이 되었다는 거였다. 나도 그 무당 언니를 기억했다. 수수한 차림에 있는 듯 없는 듯 다니던 젊은 여자였는데 점을 잘 본다는 소문이 돌아 동네 아주머니들이 몰려다니며 그 집을 찾곤 했다. 무당 언니는 가게가 따로 있는데도 굳이 집 안에서 향을 피우고 언제나 현관문을 활짝 열어 놓았다. 향냄새를 맡은 아주머니들이 집을 찾으면 그들을 데리고 가게로 가는 것이 장사 비법인 듯했다. 나는 집에 들어가기 싫을 때마다 현관문 앞에 가만히 서서 옆집 안을 들여다보았다. 다른 가정집과 다를 바 없이 평범했고 오히려 그래서 진귀한 물건이 숨겨져 있을 것 같아 눈으로 거실 구석구석을 훑었다. 그러다가 몇번 안에 있던 무당 언니와 눈이 마주치기도 했다. 무당 언니는 내게 거기서 그러고 있지 말고 들어와도 좋다며 손짓했다. 나는 고개를 저었다. 그러면 너는 계속 밖에 있을 거니. 난 해줄 수 있는 게 없어. 그렇게 말하고 무당 언니는 신발장 앞에 쪼그려 앉아 내 얼굴을 빤히 들여다보다가 약과를 건네주고 다시 제집으로 들어갔다. 약과는 달고 끈적거렸다. 나는 약과가 녹아 없어질 때까지 빨아먹으면서 집 밖에 있었다.

그 무당이 대단했거든, 뭐든 잘 맞히기로. 위층 남자랑 육회집 사장이랑 정분날 팔자라고 했다가 괜히 이상한 소문 낸다고 두들겨 맞기도 하고 그랬는데 진짜였잖아. 진짜인 게 밝혀지니까 또 왜 남의 인생에 참견이냐고 윗집 여자한테 맞고 그랬지 뭐.

그러게 왜 그랬대. 모른 척하지.

정말로 남한테 피해를 주는 건 늦은 시간에 고성방가하거나 음식물 쓰레기를 현관문 앞에 내놓는 게 아니라, 그런 말을 의미심장한 척 내놓는 것이다. 여러모로 그 사람의 미래까지 재단해버리는 거니까. 무당 언니에 대해 생각하다 보니 무당 같은 내 주변 사람들이 줄줄이 떠올랐다. 자기 판단에 빠져 의중만으로 자신 외에 다른 것들에 대해 쉽게 평하는 사람들. 물론 나도 그 안에 속했다.

산에서는 무수히 많은 일이 벌어진다. 엄마는 산속에서 사랑을 했다. 며칠 전에는 살인을 저지를 뻔했다. 곰곰이 날짜를 세어보니 엄마의 팀장이라는 사람에게 경고 전화가 왔던 그날이었다. 어디서 또 우느라고 회사도 안 갔을까, 드디어 울기의 행위가 일상생활에 지장을 주기 시작한 건가 한심하다, 하고 말았을 뿐 일터에 나가지 않은 엄마가 어디에서 어떠한 시간을 보내고 왔을지는 생각해보지 않았다. 그 결과가 지금 겨드랑이에 목발을 꽂은 채 내 앞에 서 있었다. 다른 한 손에는 기울어진 케이크 상자를 들고서. 집으로 찾아온 엄마의 전 애인은 생각보다 머리카락이 풍성하고 배도 나오지 않은 아저씨였다. 훤칠하고 깔끔해 보이기는 했으나 눈과 입술로 표정을 제대로 꾸미지 못했고 그 때문에 슬픈 느낌이 얼굴에 배어 있었다. 나는 문을 열자마자 이 사람이 엄마의 그 아저씨라는 것을 알았다. 엄마는 딱하게 생긴 사람이 취향이었으니까. 동정 유발을 콘셉트로 잡기에는 어리숙한 감이 있었지만 그것 또한 사랑스럽게 먹힐지도 모르는 일이었다. 남자들은 왜 중간이 없을까. 잡아먹거나 잡아먹히는 두 가지 역할밖에는 캐릭터 생성이 안 되는 건가. 아니지. 이 두 가지를 내포하고 있다가 어디서는 잡아먹는 역할을 하고 어디서는 잡아먹히는 역할을 하고 캐릭터를 분리해서 사용하겠지. 이런 잡생각을 하며 현관문을 찔끔 연 채 몇 분간 아저씨와 대치했다. 목발을 짚으면서 반대 손으로 케이크 상자를 들기란 얼마나 어려운 일일까 싶었고, 다리에 붕대를 감은 사람을 계속 서 있게 할 수 없어 곧 집 안으로 안내했다.

언니는 소파에 앉아 테이블 쪽을 훔쳐보며 비즈 목걸이의 막바지 작업을 했다. 나는 팔짱을 낀 채 방문 앞에 서서 테이블을 두고 마주 앉은 엄마와 아저씨를

지켜보았다. 조악한 이인극을 못마땅한 시선으로 바라
보는 평론가처럼. 조금이라도 허점이 드러나는 순간 끼
어들어 아주 난리를 쳐야겠다는 각오로 때를 기다렸다.
아저씨가 마른침을 삼키며 입을 열었다. 누구 하나 물
한잔 내오지 않았다.

　　경미야, 나 정말 죽을 뻔했어. 상처가 덧나서 파
상풍까지 갔으면 다리 잘라내야 했을지도 몰라. 처음에
는 누구 없냐고 소리를 고래고래 지르다가 진이 다 빠
져서 혼자 다리 싸매고 그냥 가만히 있었어. 해가 지고
다시 뜰 때까지 낭떠러지 아래에서 생각 많이 했어. 산
은 밤에 너무 춥더라. 네가 나 밀고 가버린 거 원망 안
해. 그럴 만했어. 내가 잘못했어. 이 말 하려고 온 거야.

　　아저씨의 말을 들으며 나는 경악스러움에 입
이 저절로 벌어졌다. 언니도 마찬가지인 것 같았다. 아
무 때나 울어대던 엄마는 고집스럽게 침묵을 유지하고
있었다. 그날 엄마는 혼자 슬퍼하고 우는 것에서 나아
가 한 사람을 지옥으로 보낼 각오를 했던 것이다. 평소
에는 답답할 정도로 결정이 느리면서, 나약해진 상태에
서는 오히려 지나치게 행동력이 강하고 의외로 강단이
있는 사람이었다. 역시 위험하고 지긋지긋하다는 면에

서 우리 세 모녀는 닮았다. 자기 기분 속에 침잠해버리고, 괴로움을 해소하지 않은 채 마음속에 키우고 키워 괴상한 방식으로 표출해버린다는 점이 그랬다. 우리 세 사람은 이미 서로가 그러하다는 걸 알고 있었고 그래서 그냥 내버려두었다. '세 사람'과 '서로'가 아니라 나 혼자 언니와 엄마를 그렇게 정했던가. 나는 눈을 질끈 감았다 떴다. 엄마와 아저씨의 이인극을 비추던 무대 조명이 꺼지고 새로운 무대가 그려졌다. 이번에는 일인극의 연작이었다. 언니의 머리 위로 핀 조명이 켜졌다. 달칵. 언니는 우울해하며 자신을 고립시킨다. 예전에도 이런 식으로 집 밖에 안 나갔던 때가 있었다. 그때는 비즈 액세서리가 아니라 드림캐처를 만들었다. 머리맡에 걸어두고 자면 악몽을 걸러준다는 드림캐처의 역할은 언니에게 딱히 중요해 보이지 않았다. 언니에게는 그저 뭔가 집중할 것이 필요했다. 언니 방에는 드림캐처가 넘쳐났다. 스탠드, 방문 손잡이, 벽걸이, 시계, 창문 걸쇠 등등. 이렇게 많이 달아놓으면 악몽은 물론 길몽까지 모조리 다 걸러질 것 같았으나 아무 말도 하지 않았다. 드림캐처 전에는 학을 접었고 그 전에는 집에서 수제 담배를 말았다. 그러나 그럴 때마다 언니가 왜 방 안에 처박혀 이상한 일을 벌이는지 아무도 묻지 않았다. 달칵. 엄마는 자기만의 상태에 빠지면 우스꽝스러워졌다. 사랑을 하지 않고는 못 배기는 걸까. 그저 애인과 헤어졌을 뿐인데 자신의 모든 것을 잃어버린 것처럼 굴었다. 달칵. 언니와 엄마는 뭔가 중요한 나사가 하나씩 빠진 사람들 같았다. 뭔가를 빼앗긴 사람들처럼 서글픈 얼굴로 자신에게 비어 있는 부분을 메우려고 발버둥 치는 것의 반복. 엄마와 언니에 대해 생각하니까 목이 말랐고 동시에 소변이 마려웠다. 어쩌면 이미 찔끔찔끔 소변이 새어 나와 팬티가 젖었을지도 모르겠다는 생각이 들었다. 나는 아저씨의 뒤통수와 그와 마주 앉은 엄마의 앞모습을 보고 있었다. 엄마의 무표정은 생각과 감정을 드러내지 않아 답답했고, 어디선가 종종 보아온 것만 같았다.

그러니까 네가 하고 싶은 대로 해.

아저씨는 모든 게 자신의 잘못이니 엄마의 뜻에 따르겠다고 했다. 솔직하게 말하는 척, 배려하는 척하지만 농간에 지나지 않았다. 네가 하고 싶은 대로 하라는 말은 문을 살짝 열어놓는 것과 같다. 만남의 가능성을 자연스럽게 암시하는 유려한 솜씨. 안달복달 괴로워하다가 그 살짝 열린 문틈을 비집고 들어가는 사람은 다름 아닌 엄마일 것이다. 모든 것이 엄마의 사랑 탓으로 착착 돌아가겠지. 엄마의 연애는 이미 몇 번이나 그래왔고 앞으로도 그렇게 될 것이 뻔했다. 현관문 앞에 서 있는 아저씨를 바로 내쫓지 않고 앉을 자리를 내어준 순간부터 이미 정해졌던 걸지도.

화장실로 들어가 변기에 앉았다. 마려웠던 느낌에 비해 소변 양은 터무니없이 적었다. 나는 다 눈 후에도 자리에서 일어나지 않고 분명히 남아 있을 잔뇨를 기다렸다. 그동안 엄마와 언니 그리고 내게 비어 있는 무언가를 생각했다. 사람들은 자신에게 결핍된 부분을 욕망하기 마련인데, 우리 세 사람이 욕망하는 건 다르게 보면 다르지만 또 비슷하게 보면 비슷한 것도 같았다. 자기를 똑바로 바라볼 수 있는 힘도 사랑에 포함된다면. 몇 방울 안 되는 소변이 맑은 소리를 내며 떨어졌다. 화장실 밖으로 나왔을 때 아저씨는 보이지 않았고 언니는 완성한 비즈 목걸이를 엄마의 목에 걸어주었다. 손잡이가 찌그러진 케이크 상자와 얼빠진 얼굴의 엄마는 너무나 잘 어울려 기승전결이 딱딱 들어맞았다.

자꾸만 물을 마시게 되는 건 목이 말라서라기보
다 물을 마셔야 하기 때문이었다. 웃긴 상황에서 웃음이
나는 것과 비슷했다. 목에 생선 가시가 걸리면 밥을 한
숟가락 삼켜 가시를 밀어 넣는 것처럼 나는 물과 함께
다른 걸 목구멍으로 삼켰다. 그렇게 믿으니까 정말 목이
마른 것도 같고 물을 먹지 않으면 안 되게 되었다. 엄마
는 소파에 누워 있었다. 꺼져 있는 텔레비전의 검은 화
면 위로 엄마 얼굴이 비쳤다. 잠들지 않고 울지도 않고
눈을 뜨고 누워만 있으니 병든 물고기가 따로 없었다.
케이크 상자의 한쪽 면에는 '경미에게'라고 쓰여 있었
다. 이 케이크를 경미에게 주겠다는 뜻은 아닌 것 같고
메시지를 쓰려다 실패한 흔적으로 보였다. 슬쩍 상자를
열어 안쪽을 들여다보고 밑면에 뭐가 붙어 있는지 확인
해봤지만 따로 편지는 없었다. 나는 검지를 들어 '경미
에게' 다음에 이어질 문장을 상자에 대고 써보았다.

경미에게. 보고 싶다.

경미에게. 넌 무얼 보고 있니.

경미에게. 날 죽이려고 했을 때 슬펐니.

거짓이다. 내가 지어낸 문장들은 아저씨가 할
것 같은 말이 아니었다. 그렇다고 내가 엄마에게 하고

싶은 말인가 생각했으나 그것도 아니었고, 그저 경미라는 인물을 빌려 나의 망상을 잇는 문장에 불과했다. 금방 또 소변이 마려워졌으나 다리를 꼬았다. 마려울 때마다 화장실에 가면 자꾸만 마려워지므로 참을 수 있을 때까지 모았다가 한 번에 내보내는 게 효율적이었다. 소변을 참는 동안에도 나는 손가락을 멈추지 않았다. 밀려드는 파도처럼 문장은 끝도 없이 이어졌다. 이것까지만 맞아야지. 이것까지만. 하지만 파도는 한 개, 두 개 나누어져 있다고 볼 수 없고 내가 그 끝을 선택할 수도 없었다. 나는 이야기를 쓰는 척 나에 대해서만 생각했다. 이야기는 문장의 길이와 비례해 그 양이 풍성해질수록 실제 있었던 일처럼 생생해졌다. 엄마는 여전히 검은 화면을 응시하고 있었다. 화면에 비친 자기 자신을 보고 있을까. 자신을 보는 척 사실은 아예 다른 곳을 헤매고 있을까. 종아리에 덮여 있던 담요가 소파 아래로 흘러내렸다. 아무 소리도 없이 떨어지니까 마치 엄마의 그림자가 한 꺼풀 벗겨진 것처럼 보였다. 자기만 들여다보는 사람은 자기 눈동자 속에서 사는 거라던데 그걸 산다고 말할 수 있을까. 지겨울 정도로 접착력이 강한 생각은 수많은 이야기를 끌어당기고, 기억은 자기 자신도 제대로 보지 못하는 사람에 대한 쪽으로 자연스럽게 전개되었다.

나와 언니가 초등학생 때, 엄마는 애인을 집으로 끌어들였다. 나는 방과후 현관문에 귀를 대고 있다가 안에서 인기척이 느껴지면 아파트 복도에 서 있었다. 그날도 그랬다. 나는 현관문 앞에 서서 우리 집 호수를 가만히 바라보았다. 지금 집에 들어가서는 안 된다는 생각과 들어가기 싫다는 생각을 동시에 했는데 그중 어느 쪽에 더 치우쳐 있었는지는 모르겠다. 열쇠를 오른손과 왼손에 번갈아가며 들고 손바닥을 긁었다. 딴생각을 하면서 열쇠 구멍에 하듯이 물렁한 살 곳곳에 열쇠를 꽂아 돌리기도 했다. 나는 불안할 때 멍이 들 정도로 피부를 꼬집는 버릇이 있었다. 무당 언니는 내가 집에 들어가지 못하고 서 있을 때마다 약과나 쌀과자 따위를 갖다주었다. 그날의 날씨나 풍경보다도 짙었던 향 냄새를 기억한다. 나를 발견한 무당 언니는 학교는 재밌었는지, 책가방이 무겁지 않은지, 궁금하지도 않은 게 뻔한 걸 묻다가 내가 대답하지 않으면 질문을 그만두고 손을 내밀었다.

열쇠 줘봐. 내가 들고 있다가 너 집에 들어갈 때

줄게.

나는 내게 뻗은 그 손을 보고만 있었다. 무당 언니는 피로해 보였다. 헝클어진 머리카락도 그랬지만 억지로 짓는 듯한 미소 때문에 더욱 그렇게 느껴졌다. 팔이 아팠는지 설득이 안 된다고 생각했는지 입가의 웃음을 거두고 평소와 같이 무심한 얼굴로 말했다.

나는 네 인생에 해줄 수 있는 게 없어. 오늘은 약과도 없어.

열쇠를 주지 않으면 약과를 가져다줄 줄 알았던 나는 실망했다. 무당 언니는 잠깐 집 안으로 들어갔다가 금색 방울을 가지고 나왔다.

이거랑 바꿔서 놀자.

싫어요. 그건 소리가 나잖아요.

까다롭네. 예쁜 소리가 나서 좋은 건데.

방울을 흔들던 무당 언니는 우리 집 현관문을 잠시 쳐다보다가 흔드는 걸 멈추고 다시 들어가 다른 걸 가지고 나왔다. 벽돌 비슷한 크기에 나비 모양의 자개가 뚜껑과 겉면에 세공되어 있는 보석함이었다. 나는 보석함에서 눈을 떼지 못했다. 다른 각도로 볼 때마다 당장이라도 날아갈 듯 나비의 날개가 반짝거렸다. 나는 열쇠를 건넸다. 무당 언니는 열쇠를 받으면서 내 손바닥을 들여다본 뒤에 보석함을 주었다.

　너 그러다 속병 난다. 앞으로도 그럴 거야. 그때마다 자기를 망치지 말고 괴로운 건 거기다가 집어넣어.

　제가 어떤 어른이 될지 점친 건가요?

　네가 그렇게 생각한다면.

　낯익은 남자가 우리 집에서 나간 뒤 나는 무당 언니에게 열쇠를 돌려받았다. 무당 언니는 언제 그랬냐는 듯 쌩하니 자기 집으로 돌아갔다. 내 두 손에는 보석함이 들려 있었다. 나는 침대맡에 보석함을 두고 자기 전이나 자다가 깨서 잠결에 종종 뚜껑을 여닫곤 했지만 그 안에 아무것도 담지 않았다.

　엄마는 담요를 주워 소파에 올려놓고 부엌으로 와 커피를 내렸다. 나는 케이크 상자를 펼쳤다. 오후의 햇살이 들어 전등을 켜지 않아도 집 안이 환했다. 모텔의 내 방은 창문이 너무 작아 해가 들지 않는데, 해가 머무는 집에서 살고 싶어졌다. 해가 들면 방 안이 노랗고 따뜻해 보이고 어쩌면 모텔의 내 방은 사람의 온기를 지닐 수도 있을 것이다. 케이크는 크림도 빵도 달았고 그래서 커피와 잘 어울렸다. 엄마는 숟가락으로 케이크를 퍼먹으면서 함께 산에 가자고 했다. 나는 못 들은 척 내 몫의 케이크 조각을 앞접시에 담았다.

너 이참에 집에 들어와서 살아. 뭐 하러 나가 사니 집 놔두고. 어차피 글도 안 쓰잖아. 아니, 집에 와서 쓰면 되잖아.

엄마의 말을 한 귀로 흘려들으며 커피를 먹었다. 어차피 엄마도 내 대답을 염두에 두고 있지 않았다. 그저 자신의 말을 들어줄 상대가 필요한 거였다. 항상 그랬다. 지나칠 정도로 무용하고 많은 이야기. 반찬과 운동과 직업과 미래. 그중에 아저씨 이야기를 한 적은 한 번도 없었다. 진짜 자기 이야기를 제대로 할 수 없으니까 오히려 다른 것들에 대해 많이 말하게 되는 걸까.

나는 쟤만 보면 바스락거리는 소리가 들려. 예전에 너 자주 먹던 초콜릿 있잖아. 작은 비닐에 하나하나 포장해서 모아놓은. 집에 있는 건지 마는 건지. 말도 안 하고, 뭘 하는지도 모르겠고. 그 비닐 포장지 소리처럼 거슬려.

뭐가?

네 언니 말이야. 왜 저러는지 말을 안 하니까. 네가 그래도 나보다는 친하니까 슬쩍 물어보라고.

나는 언니와 하나도 친하지 않아, 대답할까 말까 고민하는 사이 언니가 방문을 열고 나왔다.

다 들려. 둘이 내 얘기 할 때마다 방문 너머로 다 들린다고 항상. 뒷얘기를 할 거면 엄마 방에 들어가서 하거나 목소리를 줄이면 좋잖아.

계속 만들면서 실력이 는 것인지 검은색 비즈로 만든 팔찌는 꽤 예뻤다. 이제 내가 테이블을 떠나 어딘가로 들어가고 싶었다. 엄마와 언니가 한자리에 모이면 초대받지 않은 곳에 온 것 같았고 오가는 말 한마디 한마디가 불편했다. 두 사람은 서로 못 잡아먹어서 안달이라기보다 그냥 안 맞았다. 대충 들으면 별 의미 없는 이야기와 농담에 지나지 않았지만 자세히 들여다보면 서로의 가슴을 후벼 파는 말이 오갔다. 그건 말의 내용이 나쁘다기보다 다정하게 조심해서 할 수 있는 말을 일부러 날카롭게 갈아 상대의 제일 약한 부분에 박아 넣는 식이었다. 그 말 중에는 의도한 것도 있었고 의도하지 않은 것도 있을 테지만 어쨌든 상처를 주고받을 수밖에 없었다. 두 사람은 담담하게 커피를 마시고 케이크를 잘라 입에 넣었다. 아무렇지 않은 척하며 어색하게 서로를 마주 보고 있는 그 표정이 닮아 있어 보기

역겨웠다. 엄마가 케이크 칼로 언니의 팔을 가리키며 말했다.

그 팔찌 예쁘다.

엄마도 하나 만들어줄까?

그런 거 만들 시간에 우리 산에 가자. 좋은 공기 마시면서 너도 정신 차리고 다시 시작할 힘도 얻고. 높은 데는 너희 싫어하니까 옆에 자경산으로.

산 핑계로 추억 끄집어내면서 울 거면 그만둬.

엄마와 언니는 커피도 마시고 케이크도 먹으면서 말을 이었다. 먼저 상처받은 티를 내는 사람이 지는 게임이라도 하듯 표정이나 말투가 아무 일도 없었던 것처럼 느껴져서 멀리서 보면 화기애애하게 간식을 나눠 먹는 것처럼 보일 것이다. 나는 조용히 찬물을 꺼내 마시면서 대화를 계속 듣고 있어야 했다. 돈과 살림에 대한 이야기가 나오고 '답답하다'와 '왜'라는 단어가 반복적으로 등장했다. 인신공격에 관한 한 두 사람이 하는 말은 사실 상대보다 스스로에게 적용되는 말이 대부분이었으므로, 총구는 다름 아닌 스스로를 향해 있을 때가 더 많았다. 나는 엄마와 언니 모두 이해되지 않았다. 왜 이런 말을 할까, 왜 그런 행동을 했을까, 왜 그렇게 살까. 목이 탔고 짜증이 일었다. 논리적인 사유 없이 감정만 건드는 싸움이었다. 엄마는 자꾸만 산 타령을 했다. 물병의 물이 빠르게 줄어들었다.

둘 다 그만해.

너는 참견하지 마. 나랑 엄마랑 뭘 하든지 어떻게 살든지 신경 끄라고. 혼자 지 잘난 맛에 나갈 땐 언제고 왜 기어들어 와서 원래 이 집에 살았던 것마냥 떠들어. 우리가 한심하니. 그런 눈빛으로 쳐다보지도 말고, 개년아.

언니는 차분하게 말했다. 빠르지도 느리지도 않은 일정한 속도로 욕을 부드럽게 발음하면서. 그 말이 너무나 정확해 화가 나거나 억울하지 않았다. 그저 언니 입에서 나온 '우리'라는 단어가 신기했다. 나는 한 번도 엄마와 나와 언니를 우리라고 지칭해본 적이 없었다.

케이크를 마저 다 먹고 소변을 두어 번 보자 마음이 편해졌다. 대놓고 욕을 먹으니 오히려 후련하기도 했다. 엄마는 또다시 커피를 내리며 산 이야기를 꺼냈다. 정말 어지간히 가고 싶은 모양이었다. 나는 명과 함께 산에 갔던 일을 떠올렸다. 바람이 불지 않고 해도 좋앉으나 공기가 찼지. 하지만 이번 겨울은 별로 춥지 않으니까 괜찮을 수도 있겠다. 괜찮은 것과 별개로 나는 산에 가지 않아. 엄마는 산에 가서 마음의 정리, 그러니까 제대로 된 끝과 동시에 새로운 시작에 대한 가능성을 품고 싶은 걸까. 산에 가는 걸로는 부족해 엄마. 내가 해봤는데 실패했거든. 하지만 실제로 이 말을 입 밖으로 꺼내지는 않았다. 엄마는 팔다리를 움직이고 땀을 내면 동력이 생긴다는 말로 나를 꾀어보려 했다. 내가 동력을 원한다고 생각하진 않았을 테고 자기 자신이 원하는 걸 제시하는 듯도 했으나 역시 엄마를 위해 효도나 해볼까 하는 마음으로도 산은 가기 싫었다. 나는 언니 방으로 들어갔다. 언니야말로 굴러갔다가 멈췄다가 다시 굴러갔다가 멈추곤 하는 인간이니까 동력을 필요로 하지 않을까.

비즈 목걸이와 팔찌, 모빌 등등. 언니는 비즈로 할 수 있는 건 다 만들어낼 모양이었다. 나는 방문 손잡이에 걸려 있는 목걸이를 하나 꺼내 만지작거렸다. 검은색과 회색, 푸른 구슬 모양의 비즈가 섞여 예뻤지만 갖고 싶을 정도는 아니었다. 언니는 이제 투명한 핸드폰 케이스에 비즈 알을 붙이고 있었다. 지나치게 참견

투로 말하거나 우습게 보는 티가 나면 또 욕을 먹을 수
도 있으니 조심스럽게 말을 건네야 했다.

언니 예전에 등산이 취미였을 때 재밌었는데. 밤
도 주워 오고 책갈피 만들겠다고 나뭇잎도 따 왔잖아.
주말에도 회사 사람들이랑 산 타러 간다고 나가고.

언니는 뒤도 돌아보지 않고 내가 떠드는 걸 듣
고만 있었다. 나는 예전의 언니가 얼마나 건강했는지
은근히 의견을 피력했지만 그다지 먹히지 않았다. 또
알지도 못하면서 지껄인다고 한 소리 들을 것 같았다.
손에 쥔 목걸이로 지압하듯 주물렀다. 낚싯줄은 탄성이
좋아 잡아당기기에 좋았다. 딱딱한 구슬끼리 비벼지는
소리. 언니는 그게 마음에 들면 가지라고 했다. 나는 고
개를 끄덕였다.

야, 정말 엄마는 그 아저씨를 죽이려고 했을까.

모르지 그건. 안 죽었으니 다행이지.

그런가.

그렇지.

실수인 척 죽이는 것과 실수인 척 죽는 건 얼마
나 큰 차이가 있을까.

어쨌든 죽는다는 건 같잖아.

정말로 그래?

응.

넌 진짜 안 변하는구나.

그 말이 무슨 뜻인지는 잘 모르겠지만 언니가 내게 하는 말은 대부분 들어맞으니 저 말도 맞겠다는 생각이 들었다. 언니는 나에 대한 거든 자기에 대한 거든 요점을 말하지 않고, 엄마도 다른 사람들도 중요한 건 얘기하지 않지. 사람들은 자기 안의 풍경을 잘 내보이지 않으니까. 받아칠 말이 없으니 궁지에 몰리는 기분이 들었다. 자신이 사냥꾼인 줄 알았는데 사냥감이었다는 걸 깨달아버린 긴 꼬리의 꿩이 된 것만 같았고, 고개를 들어 나를 쳐다보는 언니의 눈과 방 곳곳에서 빛을 내는 비즈 알 중에 어디에 시선을 두어야 할지 알 수 없었다. 손에 쥔 목걸이를 조용히 잡아당겼다. 줄이 끊어져 비즈 알이 다시는 원래 모양으로 돌아올 수 없도록 구석구석 흩어져버렸으면 좋겠다는 생각으로. 하지만 낚싯줄은 끈질겼고 목걸이를 잡아당길수록 생각보다 각진 비즈 알 때문에 손바닥이 쓰렸다. 뭐 하나 뜻대로 되는 게 없구나. 지긋지긋하다고 생각하며 목걸이를 주머니에 욱여넣었다. 언니는 내 손목을 잡고 빨개진 손바닥을 펼쳤다. 그딴 말을 던져놓고 손바닥을 확인하는 건 고약한 다정함이네. 너도 안 변했다, 개년아. 물론 그렇게 소리 내어 말하지 않고 언니 방을 빠져나왔다.

작은방은 여름에도 한기가 돌았다. 지금은 쌀과 잡다한 물건을 쌓아두는 창고로 쓰이지만 훨씬 전에는 내 방이었다. 책상과 철제 사물함이 내가 썼던 그 자리에 그대로 있었으나 그 위, 옆, 아래에 온갖 짐과 박스가 쌓여 있었다. 녹슨 행거와 다이어트용 훌라후프를 지나 의자에 앉았을 때 오래된 쿠션 위로 먼지가 피어올랐다. 예전에 읽으려고 가져왔다가 놓고 간 책 두 권이 책상 위에 가지런히 놓여 있었다. 내가 두고 간 모양 그대로 아무도 건드리지 않은 듯했다. 그때도 지금과 비슷한 일이 엄마에게 있었고 언니도 상태가 좋지 않았다. 나는 내 자리가 없다고 느꼈고 지겨웠다. 나는 집이 싫었다. 그건 엄마와 언니가 이상하기 때문이기도 하지만 두 사람이 사는 꼴을 지켜보고 있으면 정의 내릴 수 없는 역한 기분이 밀려들기 때문이었다. 모텔로 돌아가야겠다. 당분간 혹은 오랫동안 집에 오지 말아야겠어. 나는 저 사람들을 감당할 수 없다. 전혀 이해가 되지 않는다. 잊어버리고 두고 간 물건이 있는지 사물함의 첫 번째 칸을 열었다. 가져갈 것이 없었다. 두 번째 칸에도, 세 번째 칸에도. 배낭에 책을 넣고 입고 왔던 브래지어도 넣었다. 나는 내가 뭘 하는지 잘 알았다. 나는 도망치고 있었다. 집에서 빠져나가는 것은, 즉 이 가족의 세계에서 나 자신을 배제시키는 것과 같았다. 어차피 아무것도 없어, 나는. 할 수 있는 것도 하고 싶은 것도. 그러니까 아무도 없는 곳에서 새로운 시작을 하는 게 나았다. 몇 번이나 새로운 시작을 반복해왔으므로 결정은 쉬운 일이었다. 나는 언제나 중간도 못 가서 다시 출발선으로 되돌아왔다. 내게 새로운 출발과 시작은 별거 아니게 되었다. 가방의 지퍼를 잠그고 훌라후프를 옆으로 밀며 자리에서 일어났다. 급하게 일어나니 빈혈인 것처럼 머리가 띵했고 철제 사물함이 뻑뻑하게 열리는 소리가 들렸다. 대충 닫아 튕겨져 나온 두 번째 칸을 제대로 닫으려고 손을 뻗었을 때 익숙한 보석함이 눈에 들어왔다. 그걸 열어볼까 말까 고민할 필요는 없었다. 슬며시 뚜껑이 열렸다. 윤조가 보석함에서 기어 나오고 있었다. 당면처럼 쫄깃하고 흐물거리는 형태로 좁아터진 보석함에서 빠져나와 인간의 형상으로 굳어지는 모습은 그리 낯설게 느껴지지 않았다. 나는 사물함에서 멀찍이 떨어져 그걸 지켜보고 있었다. 윤조가 검지를 뱅글뱅글 돌렸다. 마치 내게 꿰어진 실을 감듯이. 나는 그 손가락에 이끌려 윤조 앞에 섰다. 어린아이가 아닌 성인 모습의 윤조는 나보다 키가 크고 얼굴에 점이 많았다. 나는 그 길고 예리한 눈매와 점의 위치를 바라보았다. 정확히 몇 살인지는 모르겠으나 이 여자는 윤조가 맞아. 생김새로 추측한 것이 아니었다. 내가 윤조를 못 알아볼 리가 없었다. 나는 목이 말랐다. 조용히 마른침을 삼켰다. 윤조가 입을 열었다.

생선 가시가 걸린 채로 밥을 넘기면 목에 빵꾸 나.

뒷장으로부터

윤조는 잘 웃었다. 웃기지 않은 말에도 진심으
로 웃고 꼬박꼬박 대답했다. 키가 커서 옛날에 쓰던 찻
잔 세트도 높은 찬장에서 쉽게 꺼냈다. 엄마는 잊고 있
던 보물을 발견한 것처럼 기뻐하며 커피를 마실 때마다
찻잔을 고르는 재미에 빠졌고 찻잔 디자인에 맞춰 홍
차를 종류별로 구매했다. 물론 그것도 윤조의 의견이었
다. 갑자기 튀어나온 윤조가 누구인지 어떻게 설명해야
하나 걱정했던 게 우스울 정도로, 엄마와 언니는 윤조
를 이미 알고 있던 것처럼 대했다. 원래 함께 살고 있던
가족의 일원이니 이 집에 있는 게 당연하다는 듯이. 나

혼자 새로운 상황에 적응하지 못하고 윤조를 힐끔거렸
고 네 명이서 밥을 먹는 게 어색해 숟가락을 자주 떨어
뜨렸다. 그때마다 엄마와 언니와 윤조는 쟤 또 저런다
는 표정으로 나를 보다가 이내 다시 웃고 떠들며 밥을
먹었다. 보석함에서 기어 나온 게 윤조가 아니라 나인
것만 같았다. 엄마는 더 이상 울지 않았다. 낮잠을 자는
엄마 곁에는 쪼그려 앉아 책을 읽는 윤조가 있었다. 윤
조는 떨어진 담요를 주워 엄마에게 덮어주었다. 텔레비
전의 까만 화면에 비친 그 모습은 진짜 엄마와 딸 같았
다. 나는 재개봉된 오랜 흑백영화를 텅 빈 상영관에 앉
아 혼자 관람하는 기분으로 담요 아래 삐져나온 엄마의
발바닥에 시선을 두었다. 엄마가 자면서 앓는 소리를
낼 때마다 윤조는 엄마의 귀에 대고 귓속말을 했다. 그
러면 엄마는 옅은 미소를 지으며 깊은 잠에 들었다. 무
슨 말을 했는지는 궁금하지 않았다. 엄마가 울 때 한 소
파에 앉아 있었더라면, 해줄 수 있는 게 없어도 그냥 그
렇게 했더라면 나도 저 장면에 함께 담길 수 있었을까.
엄마의 발은 따뜻할까, 서늘할까. 윤조는 내 속마음을
읽기라도 하는 듯 내가 이상한 기분에 사로잡힐 때마다
뒤돌아 웃어 보였다. 나른하게 드리우는 햇살 속에서

아무런 갈등도 없이 성가신 미소였다.

해는 점점 길어지고 겨울방학을 누리는 아이들만 있는 것처럼 집은 평화로웠다. 어느 날 새벽에는 언니 방에서 웃음소리가 들렸다. 슬쩍 문을 열어보니 언니와 윤조가 맥주를 마시며 유튜브를 보고 있었다. 영상 편집에 관한 내용이 1.2배속으로 재생되었다. 가지가지 하는구나. 이제는 유튜브를 찍을 생각인 건가. 언니의 비즈 공예 작업은 더 이상 우스운 수준이 아니었다. 플라스틱 비즈에서 유리 비즈까지 종류가 더욱 세분되었다. 언니는 윤조와 함께 블로그 마켓을 열어 수공예 비즈 썬캐처, 안경과 마스크 스트랩, 브로치를 팔거라고 했다.

우리는 동업자야, 동업자.

취기가 도는 얼굴로 언니는 윤조의 어깨를 감싸며 그렇게 말했다. 세상에서 둘도 없는 친구가 다 되었네. 웃기지도 않았다. 얼마나 대단한 제품을 만들려고 하는지 두 사람은 새벽에 술을 자주 마셨다. 어떻게 알았는지 윤조는 언니가 예전에 취미로 사둔 카메라를 옷장 깊숙한 곳에서 꺼내 언니의 손에 들려주었다. 결국 상품을 제작하는 것도, 사진을 찍고 보정하는 것도, 블

로그를 준비하는 것도 언니인데 뭘 같이한다는 건지 알
수 없었다. 나는 썬캐처 하나를 집어 스탠드에 갖다 대
보았다. 스탠드의 불빛이 썬캐처에 분산되어 물방울이
튀기듯 바닥과 벽에 점점이 무늬를 만들었다.

　이런 걸 누가 사?

　너같이 음침한 애들 빼고 다 사거든. 사람들은
자기 집에 해를 들여놓길 원하니까. 햇빛을 받으면 스
탠드 조명보다 훨씬 예뻐.

　그래서 마켓은 언제 여는데?

　곧. 봄이잖아.

　언니, 새로 나온 비즈 색감 좋던데 그거 다시 볼
까? 맥주 마시면서.

　윤조는 대화에 끼어들며 종종 내게 보여주었던
예의 그 미소를 지었다. 언니는 냉장고로 맥주를 가지러
갔다. 노트북은 세 사람이 보기에 화면이 너무 작았고
나는 멀뚱히 서서 썬캐처만 만지작거렸다. 그동안에도
윤조는 계속 나를 보고 있었다. 언니의 추리닝은 윤조에
게 작았는데, 오히려 그래서 중학생 때부터 입어왔던 거
라고 해도 믿을 만큼 잘 어울렸다. 윤조는 책 읽을 때나
잘 때나 밥 먹을 때나 웃고 있었다. 이 집에 사는 게 즐거

운 것 같았다. 나를 보고 웃을 때 특히 그래 보였다.

너 왜 나를 보고 그렇게 웃어?

웃기니까. 설마 내가 너에게 힘이 되어줄 거라고 생각한 건 아니지? 네가 쓴 소설 성장드라마 아니었잖아.

나는 윤조의 말에 아무 대답도 하지 못하고 멀거니 그 애의 못된 표정만 쳐다볼 뿐이었다. 내 손안에서 썬캐처가 엉망으로 꼬여갔다.

나는 네가 설정해놓은 대로 자랐어.

윤조는 자리에서 일어나 쏘아붙이듯 말하고 방을 나가버렸다. 곧 방으로 들어온 언니 손에는 캔맥주 두 개가 들려 있었다. 그중에 내 것은 없었다. 언니는 썬캐처를 누가 그렇게 쥐냐며 빼앗아 갔다. 내 손바닥을 펼쳐 새로운 상처가 생겼는지 확인하는 일은 없었다.

거실에 해가 머물다 지는 시간이 조금씩 길어졌다. 나는 그때마다 소파가 아닌 바닥에 누워 빛을 쬐었다. 머리카락은 금세 뜨거워졌고 눈이 부셨다. 엄마와 언니와 윤조는 예상보다도 더 오래 잘 지냈다. 슬슬 무슨 일이 터질 때가 되었다고 생각했지만 그때는 아직

오지 않았다. 나는 작은방을 청소했다. 각종 물건과 박스를 한쪽으로 몰아놓고 간이침대를 펼쳤다. 그 위에서 책을 읽는 둥 마는 둥 하고 있으면 방문 너머 세 사람의 웃음소리가 들려왔고 뜨거웠던 차는 금세 식었다. 나는 소변을 참기 위해 다리를 힘주어 꼬았다. 핸드폰 메모장에는 윤조가 어떻게 살아왔을지 추측하는 문장이 두서없이 나열되었다. 할머니가 돌아가신 후 원룸으로 거처를 옮긴 윤조. 마트에서 일하면서 동료 아주머니들과 친해진 윤조. 울고 웃는 것을 제 마음대로 할 수 있게 된 윤조. 퇴근길, 오랜 시간에 걸쳐 화분을 고르고 사는 윤조. 어느 날 화분을 던지는 윤조. 깨진 화분을 쓸어 담는 윤조. 화분처럼 기분을 고를 수 있게 된 윤조. 왜 저렇게 키가 큰 건지 궁금했지만 윤조가 나를 마음에 들어 하지 않는 것 같아 다가갈 수 없었다. 엄마와 연애했던 그 아저씨는 자기 가정으로 돌아가 잘 살고 있을까. 엄마를 대체한 다른 사람과 또 같은 일을 반복하고 있을 수도. 아저씨를 생각하면 그 불쌍한 척하는 얼굴과 '경미에게'로 시작되는 내용도 결말도 없는 편지가 떠올랐다. 주먹을 꽉 쥐었다. 미처 자르지 못한 긴 손톱이 거슬렸다.

병원에 다녀오는 길에는 꼭 공원에 들렀다. 벤치에 앉아서 아무것도 하지 않고 주머니에 손을 꽂은 채 두어 시간 정도 가만히 있었다. 공원에 나와 볕을 즐기는 사람들이 하루가 다르게 늘어났다. 롱 패딩과 목도리는 이제 거의 보이지 않았다. 올해는 봄이 빨리 찾아오는 듯했다. 나 혼자 하는 산책이 잦아졌다. 모텔 일을 하지 않게 되니까 생활 패턴이 바뀐 탓도 있겠지만 집에 있는 것보다 밖을 천천히 걸을 때 더 편안했다. 집에서는 나도 모르게 긴장하게 되기 때문인 것 같았다. 거의 평생을 낮에 움직이고 밤에 잠들었는데 요 몇 년 반대로 살았다고 낮 시간이 생소하게 느껴졌다. 마스크를 끼고 웃는 사람들, 씽씽카를 타고 발을 구르는 아이, 붕어빵 냄새 같은 게 유난히 낯설었다. 저 멀리에는 산이 보였고 바람이 부는 방향에 맞춰 고개를 기우는 나무들이 보였다. 바람이 찼다. 나도 나무가 된 것처럼 바람결을 따라 목을 왼쪽으로 기울였다. 누군가 머리카락을 쓸어주는 느낌이 들어 좋았다. 병원에서는 방광염이라고 했다. 예상 가능한 병명이었다. 약 봉투는 주머니 안에 욱여넣기에 크기가 적당했다. 공원에는 연을 날리는 사람도 있었다. 다들 하나같이 즐거워 보였다. 한 달

전쯤만 해도 세상 전체에 매캐한 냄새가 가득하고 우울한 분위기뿐이었는데 참 빠르게 지나가는구나. 즐거운 것이 괜찮은 것과 같은 맥락인지는 모르겠지만. 가오리연 하나가 은빛의 긴 꼬리를 흔들며 하늘 높이 올라가고 있었다. 연날리기는 연줄을 느슨하게 풀어주었다가 팽팽하게 당기기를 조절하는 게 재미의 본질인데, 저렇게 높이 풀어주기만 하다가 잃어버리면 어쩌려고 그러나 싶어 자꾸만 멀어지는 연을 눈으로 좇았다. 내가 썼던 소설 속의 윤조는 대담하고 겁이 없었다. 주변에서 어떤 사건이 벌어지든 저만치 떨어져 바라보기만 했다. 어쩌면 윤조의 그런 태도는 알게 모르게 자신의 할머니를 죽음 쪽으로 밀어 넣었을지도 모른다. 소설이 끝난 이후에 뭘 하면서 어떻게 컸는지는 모르겠지만 가만 내버려두기 불안해. 윤조가 속한 곳에서 이렇게 말도 안 되는 해피 엔딩이 이어지는 게 이해되지 않았다. 엄마와 언니와 나는 너무 다른 사람들이라 셋이서 한 번도 착착 맞아떨어지게 살아온 적이 없었다. 그러니까 이건 이상해. 윤조 하나 나타났다고 옳다구나 하고 평범하게 돌아가는 게. 엄마는 울지 않고 언니는 혼자 침잠하지 않게 되었는데 왜 나는 괴로울까. 나는 나를 함정에 빠뜨리는 사람인 걸까. 연은 하늘 높은 줄 모르고 계속 올라갔다. 대충 보면 저게 연인지 모를 정도로 점점 지상과 멀어지고 있었다. 나는 연의 실패를 쥔 사람을 찾아 주위를 두리번거렸다. 이미 저 연은 주인을 잃어버린 걸 수도 있었다. 실패를 잡으려면 제대로 잡아야 할 텐데. 놓쳐버린 자기 연이 멀어져가는 걸 바라보는 건 쓸쓸한 일일 텐데 다들 즐거운 표정만 짓고 있어 연의 주인이 누군지 알아볼 수 없었다. 공원에서 빠져나와 집으로 돌아가는 내내 길가에는 흰 국화 화환이 늘어서 있었다. 각종 공공기관을 둘러싼 담벼락, 횡단보도 건너편 초등학교 울타리에도 빼곡하게. 길을 인도하듯이 가는 곳마다 1월 26일의 흔적이 줄지어 서 있었다. 재 냄새보다는 국화꽃 냄새가 나았다. 연 날리러 가는 사람들은 빛나는 연과 실패를 쥐고 웃으면서 화환이 놓인 길을 걸었다. 이번 겨울은 눈이 오려다 만 것처럼 적은 양으로 그쳤고 봄이 너무 이르게 찾아왔지만 사람들은 또 그 계절에 적응할 것이다. 국화 화환은 검은 화환이라고 해야 할까, 흰 화환이라고 해야 할까. 하수구마다 국화꽃의 흰 꽃잎이 눈 대신 고여 있었다.

　　현관문을 열자 맛있는 냄새와 따뜻한 공기가 훅

끼쳤다. 색색의 도시락통이 식탁에 펼쳐져 있었다. 엄마와 언니와 윤조는 요리를 하느라 분주하고 즐거워 보였다. 운동회 날이나 소풍 날도 분식집 김밥을 들려 보냈으면서. 엄마가 잘 볼 수 있도록 요리 영상이 재생되고 있는 핸드폰이 건조대에 고정되어 있었다. 세 사람은 각자 역할이 분명했다. 언니는 재료를 다듬고 엄마는 불 앞을 지켰으며 윤조는 테이블과 싱크대를 오가며 쓰레기를 치우고 설거지하고 필요한 걸 바로바로 엄마와 언니에게 건넸다. 이게 다 무슨 일이냐고 묻자 엄마는 산에 간다고 했다. 의문을 담은 표정으로 언니를 바라보자 언니는 웃으며 말했다.

　　같이 갈래, 너도?

　　언니는 커다란 양푼에 당면과 볶은 채소들을 가득 담고 소스에 버무렸다. 고소한 냄새가 났다. 나는 아직 뜯지 않은 유부 포장지를 만지작거렸다. 언니는 잡채를 돌돌 말아 내 입에 넣어주었다. 당면은 따뜻했고 조금 싱거웠지만 맛있었다. 다 같이 무언가를 만드는 모습이 '화기애애'라는 단어를 절로 생각나게 했다. 음식의 열기 때문에 집 안은 훈기로 가득했고 나는 산에 가고 싶어졌다. 나는 언니에게 말했다.

깨를 많이 넣으면 좋겠어.

엄마는 자기가 하고 싶은 건 등산이 아니라 산
림욕이라고 했다. 코로나19가 도래하기 전 엄마의 취미
중 하나는 목욕탕에 가는 거였다. 뜨거운 물에 오래도
록 몸을 담그고 사우나에서 땀을 빼고 때를 밀고 오이
냄새가 나는 마스크 팩을 한 채 목욕탕에서 처음 만난
사람들과 수다를 떨곤 하던 엄마의 모습을 기억하고 있
다. 엄마는 목욕탕에 가면 말이 많아졌다. 알몸으로 사
람을 사귀고 자기 얘기를 떠들고 그렇게 몇 시간이나.
탕에서 나와 머리를 말리고 옷을 입으면 그렇게 신나게
떠들던 사람들과 작별 인사도 나누지 않고 헤어졌다.
얼마나 깊은 얘기를 했든 탕 밖에서는 아는 체하지 않
는 것이 목욕탕의 법칙이었다. 확진자 수가 급격히 줄
어든 이후 목욕탕은 하나둘 운영을 재개했지만 엄마는
목욕탕에 가는 취미 자체를 잃어버렸다. 가봤자 우울한
이야기가 뜨거운 김처럼 돌아다니고 물이 무겁게 느껴
진다고 했다. 어쩌면 엄마는 목욕탕을 대신할 어떤 공
간에 완전히 몸을 담그고 싶은 건지도 몰랐다.

엄마와 언니와 윤조는 힘들지도 않은지 마스크

긴 채로 수다를 떨면서 산에 올랐다. 목욕탕에서 알몸으로 마주한 사람들처럼 거리낌 없이 큰 소리로 웃었다. 산에는 등산객이 많지는 않았지만 아예 없는 것도 아니었다. 삼삼오오 모여 물을 나누어 마시고 땀을 닦으며 위로 향하는 사람들이 보였다. 사람들은 물을 마시고 나면 마스크를 재빨리 다시 썼다. 하지만 코나 턱 밑으로 마스크를 내린 사람들도 있었다. 나는 숨이 벅찼다. 천천히 걷는데도 그랬다. 엄마와 언니와 윤조는 나를 조금 앞서 걷다가도 잠시 멈춰 서서 이야기를 나누며 내 속도에 맞춰 기다려주었다. 옛날에는 내가 제일 산을 잘 탔는데. 목욕탕에 가는 것처럼 엄마와 나는 둘이서 산에 온 적이 많았다. 나는 날다람쥐처럼 재빠르게 가파른 흙길도 거침없이 뛰어다녔다. 엄마는 보온병에 담아 온 음료를 마시면서 바위나 정자에 앉아 나를 기다렸다. 나는 짜증을 부리면서도 엄마의 긴 목욕에 동참했고, 엄마는 내가 충분히 산을 타고 지쳐 돌아오길 기다려주었다. 나는 그것이 엄마와 나만의 우정인 줄 알았다. 옛날에는 정말로 그랬는지도 몰랐다. 나는 결국 완전히 지쳐서 세 사람에게 먼저 올라가라고 손짓했다. 산은 너무 크고 목적지가 아득해 생각하고 싶지 않은 먼 과거의 일이 모조리 끌려 나오는 것만 같았다. 나는 잡생각에 붙잡혀 쉽사리 걸음을 뗄 수 없었다. 그때 엄마와 언니와 함께 먼저 올라간 줄 알았던 윤조가 다가와 내게 손을 내밀었다. 나는 나를 내려다보는 그 늘진 얼굴과 건조해 보이는 손바닥을 바라보다가 숨을 고른 후에 그 손을 잡았다. 윤조는 앞장서서 나를 이끌었다. 위로 더 위로. 윤조에게 의지해 앞으로 나아갈수록 걸음이 느려지고 힘이 부쳤다.

같이 왔으니까 같이 걸어야지.

그렇게 말하면서 윤조는 단 한 번도 뒤돌아보지 않았고, 나는 임금님 귀는 당나귀 귀를 외치는 이발사가 된 것처럼 속으로 시발시발 호흡에 맞춰 욕을 뱉었다. 이미 알고 있었다. 내가 엄마와 언니와 발맞추며 산에 오르지 못하는 이유는 윤조 때문이었다. 윤조가 보석함에서 나온 후부터 나는 쭉 윤조의 과거를 생각하는 데 얽매여 있었다. 얘는 어떻게 살아왔기에 아무렇지도 않게 우리 가족에 스며드는 걸까. 이 질문은 결국 딸과 동생 역할을 제대로 해내지 못한 나 자신에 대한 생각으로 이어졌다. 윤조와 나는 서로에게 함정이었다. 어쩌면 윤조는 등산로 옆 가파른 절벽으로 은근하게 나를 이끈 뒤 갑자기 손을 놓아버릴 수도 있다. 처음부터 그러려고 내 앞에 나타난 걸지도 몰랐다. 나는 소설 속 어린 윤조에게 각종 불행한 상황을 던져둔 뒤에 혼자만 빠져나왔으니까. 윤조를 생각할수록 엄마와 언니의 화창한 얼굴이 떠올랐다. 아득히 먼 곳에서 들려오는 것 같은 간지러운 웃음소리. 헬멧을 벗으며 걸어오는 명. 명의 머리카락과 그 위로 날아가는 불씨. 나는 초코바를 먹었지. 너무 달았고 어쩌면 그래서 조금 썼던 것 같기도 한. 손바닥이 간지러웠다. 나는 자꾸만 뾰족한 물건을 손에 쥐고 싶었다. 사이좋게 잘 지내고 싶은 사람들이 많았다. 더 단단하고 예쁘게 만들려고 손을 댈수록 한순간에 녹아버리는 장면들이 줄지어 밀려들었다. 땀을 너무 많이 흘려서 머리가 어지러웠다. 매달리듯 윤조의 손을 붙잡을수록 잘 다져진 흙길에서 발이 자꾸만 미끄러졌다.

정상으로 향하는 길을 본격적으로 가리키는 표지판이 보였다. 가벼운 산보를 하러 온 사람들은 이쯤에서 몸을 풀고 평평한 숲길을 걷다가 하산했다. 엄마는 사람들이 종종 앉았다 가는 정자의 반대편에 돗자리를 깔았다. 네 명이 충분히 앉고도 남을 거대한 은색 돗자리가 눈부시게 빛났다. 저 멀리서 돗자리에 시선을 뺏긴 사람들이 우리 쪽을 쳐다보며 지나갔다. 언니는 당황한 듯 주춤거리며 돗자리 끄트머리에 앉았다. 엄마는 콧노래를 부르며 도시락 뚜껑을 열기 시작했다. 달칵거리며 도시락이 하나씩 펼쳐질 때마다 지나가는 사람들의 시선이 날아들었다. 나는 화장실에 가고 싶어졌다. 방광염은 스트레스가 주요인이라고 하던데 그 말이 사실인 것 같았다. 나는 엄마가 연 도시락 뚜껑을 차례대로 닫으면서 이건 좀 아닌 것 같으니 다른 곳을 찾아보자고 했다. 당장이라도 입 밖으로 욕지거리가 튀어나올 것 같았으나, 오히려 그것들을 꾹꾹 누르니 나 자신이 침착한 사람으로 느껴지기까지 했다. 윤조는 뒷짐을 진 채 다른 곳을 보고 있었고 언니는 자기는 이 상황과 무관하다는 듯 말이 없었다. 화를 내지 않아서일까. 엄마는 내가 참고 있다는 걸 모르는 것 같았다. 이쪽은 사람들이 오지 않는다며 도시락 뚜껑을 다시 열었다. 엄마는 열고, 나는 닫고. 그래, 이거지. 잊고 있었는데 우리는 이렇게 지내왔지. 누군가 열어놓은 문을 누군가는 닫고 대화가 통하지 않고 다시 문이 열리고 또다시 전보다 더 세게 닫히고. 그때 돗자리가 아닌 등산로를 보고 있던 윤조가 엄마의 어깨를 흔들었다. 엄마와 언니와 나는 윤조가 가리키는 손끝을 따라 시선을 옮겼다. 여러 명의 등산객 사이로 엄마의 전 애인이 보였다. 아저씨는 갈색 머리 여자의 손을 잡고 이끌어주고 있었다. 저런 다정함과 함께라면 산 정상을 찍는 건 식은 죽 먹기일 것 같았다. 엄마는 아저씨에게서 눈을 떼지 않고 동그랑땡 두 개를 입에 넣었다. 자경산은 엄마와 아저씨의 데이트 장소였다. 어쩌면 엄마는 버림받은 기분을 누리고 싶었을지도 몰랐다. 그렇지 않고서야 정말로 이곳에 올 수는 없었다. 그러니까 안 온다니까. 사랑을 못 잊은 사람의 침울한 표정은 너무 식상하고 애잔해서 꼴 보기 싫었다.

난 집에 갈래.

기분 좋게 왔는데 왜 또 그러니. 네가 짜증 부리면 네 주변까지 그렇게 물드는 거야.

짜증 내는 게 아니라 나 혼자 먼저 간다고.

역시 우리 딸내미, 기대를 저버리지 않고 항상 자기 마음대로야. 아주 누굴 닮아서 그러는지 자기밖에 모르고 싫은 건 안 하고 내치고 도망가고 그치.

키운 대로 큰 거지.

엄마는 아저씨 때문인지 나 때문인지 주먹을 꽉 쥐고 입을 꾹 다물었다. 익숙한 모습이었다. 하지만 붉어진 얼굴과 달리 울지 않았다. 엄마도 그걸 의식한 것인지 눈가에 손을 가져다 댔지만 눈물은 단 한 방울도 묻어나지 않았고 그 때문에 더 분을 삭이지 못했다. 울고 싶을 때 눈물이 안 나오는 게 어떤 기분일지 알 것도 같았으나 이해하기 싫었다. 엄마는 신발을 신고 다시 정상으로 향했다. 아래로 내려갈 줄 알았는데 아니었다. 언니는 지겹다는 표정으로 나를 흘겨보고는 엄마를 따라갔다. 바람이 불자 뚜껑이 열린 도시락 위로 돗자리가 뒤집혔다. 나는 그것들을 그대로 두고 자리를 떴다. 올라온 만큼 내려가려면 꽤 긴 시간을 걸어야 했다.

윤조는 휘파람을 불면서 나를 따라왔다. 엄마가 가끔 흥얼거리던 콧노래와 같은 멜로디였다. 엄마가 부를 때는 봄바람처럼 산뜻한 느낌이었는데 윤조가 부르니까 흑심을 품은 것처럼 의미심장하게 들렸다. 어느 영화의 살인자는 목표를 죽이기 전에 콧노래를 부르거나 휘파람을 불었다. 나는 영화의 줄거리나 결말은 기억하지 못했다. 다만 어느 날 문득 그 살인자의 멜로디가 들려왔다. 어떤 일이 일어날 거라는 징조 같은 거였다. 윤조는 굳이 휘파람이 아니더라도 내게 사건의 전조 그 자체였다. 무료한 일상에 익숙해져 멍청하게 살다가 나를 잊었느냐고 물어오는 귓속말. 윤조의 목소리는 언제나 바깥이 아니라 귀 안쪽에서 울렸다. 그 목소리가 지금은 등 뒤에서 나와 함께 산을 내려가고 있었다.

우리는 아래로 내려와 산을 빙 두르며 이어지는 산책로를 걸었다. 산을 오르내리지 않고 빙 둘러 걷는 것은 처음이었다. 소변이 마려울 때는 참지 말고 바로 눠야 한다는 의사 선생님의 말이 떠올랐다. 하지만 근처에 화장실이 없었다. 시련을 견디기 위해서는 생각을 다른 쪽으로 돌리는 것이 효과적이었다. 나는 그쪽에 재능이 있었다. 소변을 보류하는 건 일도 아니었다. 명에게 전화나 한번 걸어볼까. 무슨 말을 할 수 있을까. 사과 같은 걸 제대로 해본 적이 있던가. 이제 진짜 모텔로 돌아가야겠다. 불 속에 뭘 던졌는지는 잊어버린 채 불놀이를 끝마친 사람처럼 가슴이 뛰었다. 메마른 풀과 짙은 고동색 나무들은 쓸쓸해 보였지만 눈의 피로를 덜어주었다. 하품이 나왔다. 주변이 적막해서 하품 소리가 유난스레 크게 들렸다. 휘파람 소리가 언젠가부터 멈췄다. 고개를 돌려 보니 윤조는 저쪽 커다란 평상에 등산객들과 둘러앉아 있었다. 그중에서 앉은키가 가장 컸다.

아저씨들은 일회용 접시 하나를 가운데 두고 옹기종기 모여 있었다. 춥지도 않은지 신발을 벗고 양반다리를 한 아저씨도 있었다. 감자떡처럼 생긴 걸 나누어 먹고 있었는데, 미끄러운지 나무젓가락으로도 잘 집히지 않는 것 같았다. 윤조는 엄마와 언니한테 검증받은 사교성을 십분 발휘해 그들의 일행인 것처럼 한 자리 차지하고 젓가락을 들고 있었다. 자세히 들여다보니 접시에 놓인 건 개구리알이었다. 젤리 같은 무언가로 덮인 개구리알 뭉치가 순대처럼 먹기 좋게 숭덩숭덩 잘려져 있었다. 아저씨들은 그걸 초고추장과 콩고물에 여러 번 찍었다. 축축한 표면에 콩고물이 골고루 묻었다. 비린 맛을 없애기 위한 것인지 개구리알을 제대로 즐기기 위한 것인지 한 입 먹을 때마다 소주가 뒤따랐다. 이게 무슨 끔찍한 만행인가 하는 표정으로 보고 있자 아저씨들의 시선이 하나둘 내게 모였다. 윤조는 나를 친구라고 대충 소개하며 작은 종이컵에 소주를 따랐다. 그제야 미심쩍은 눈빛을 거두고 아저씨1이 다른 아저씨들을 보며 떠들었다. 경칩의 개구리알은 용의 알을 먹는 거랑 같은 것이고, 만병통치약이긴 한데 그중 속병에 아주 좋다는 말이었다. 흘낏흘낏 내 쪽을 쳐다보는 걸 보니 나 들으라고 하는 말 같았다.

다들 요 몇 년 속병 앓았잖아. 먹어야 가슴이 뻥 뚫리지. 봄기운 잔뜩 받고 새 시작하는 거야.

이러다 다음 생에는 용으로 태어나는 거 아니야? 껄껄.

아저씨들의 웃음은 호탕하면서 다정했고 서로의 건강과 미래를 걱정하는 진심이 엿보였다. 징그럽고 이기적이고 따뜻해. 너무 인간적이네. 인간들아 봄기운을 받으려면 햇살을 품어야지. 나는 언니 방에 있는 썬캐처를 가져다가 아저씨들의 이마에 하나씩 박아주고 싶은 마음으로 입을 열었다.

용의 알로 태어나서 깨어나기도 전에 술안주로 먹히겠죠.

아유, 아가씨가 말을 참 무섭게 하네. 미신이지, 뭐. 이거 먹고 우리가 바라는 바, 소망하는 뜻 이루어지면 좋은 거고.

나는 아저씨3의 입으로 들어가는 젤리 같은 무언가와 거기에 점점이 박혀 있는 개구리알을 보며 생각했다. 축축하고 따뜻한 내장 속에서 자라나는 올챙이. 앞다리가 쑥 뒷다리가 쑥 개구리가 되어 아저씨가 뭔가를 바라고 원할 때마다 그 마음을 양분 삼아 크는 것이다. 잘 먹고 큰 개구리는 표면이 반질반질하고 눈이 총명하게 빛나고 어쩌면 얼굴에 점이 많을지도 모른다. 윤조는 넉살 좋게 아저씨들의 잔을 채워주고 자기도 꿀떡꿀떡 소주를 목구멍으로 넘겼다. 그러고는 개구리알을 한 덩이 집어 먹으며 나를 불렀다.

이리 와. 너 이런 거 좋아하잖아.

난 회도 못 먹는데.

윤조는 빙긋 웃었다. 입가에 콩가루가 잔뜩 묻어 있었다. 윤조의 말을 들은 아저씨들은 그래, 서 있지 말고 이리 와 앉아, 하고 손짓했다. 다섯 개의 손이 모두 나를 향해 이리 오라고, 함께하자고 새의 날갯짓처럼 천천히 흔들렸다. 그 너머로 해가 가라앉고 있었다. 미세먼지 가득한 대기 중으로 햇빛이 잔뜩 번졌다. 나는 최선을 다해 태양을 정면으로 바라보았다. 즐겁게 웃고 떠드는 목소리를 들으며 녹아내릴 것만 같았다. 그 자리에 윤조를 두고 조용히 걸음을 옮겼다. 이대로 사라지거나 제 삶을 살거나 아무튼 내 눈앞에는 나타나지 않았으면 싶었다. 다음 주에는 저기 낙산사에 가자는 아저씨1의 말 뒤로 아저씨2의 말이 이어졌다. 이번 변종에 맞는 백신 나왔대. 나는 한참 뒤의 순서일걸. 나는 이번엔 맞기 싫어. 겁쟁이냐. 그게 아니잖아, 이 양반아. 울지 마라. 너무 슬퍼 마라. 봄이 오면 겨울에 있었던 일을 잊고 여름이 오면 봄을 잊고 그렇게 몇 바퀴 돌다 보면 아예 없었던 일이 되고 그렇게 된다. 있는 사람도, 있었다가 없어진 사람도. 사람이 아니라 사랑이라고 했던가. 아저씨들의 목소리가 더듬더듬 멀어져갔다.

집에 오는 길에 여전히 늘어서 있는 화환들. 학생들 몇이 화환에서 아직 시들지 않은 국화를 한 송이씩 빼내 귀에 꽂고 사진을 찍었다. 어차피 화환은 조만간 치워질 것이다. 벌써 경칩이니 금방 벚꽃 개화 시기가 찾아올 것이다. 이미 꽃잎이 많이 떨어진 화환은 볼품없고 앙상하지만 어딘가 홀가분해 보였다. 남아 있는 꽃마다 고개를 숙이고 흰 머리칼을 늘어뜨린 모양으로 시들어가고 있었다. 갈색으로 짓무른 꽃잎들. 국화는 한 송이 꽃이 너무 커다래 볼 때마다 부담스러웠다.

현관에는 흙이 잔뜩 묻은 운동화 두 켤레가 나
동그라져 있었다. 내가 들어가자 엄마와 언니는 하던
말을 멈추고 나를 쳐다보다가 케이크를 입안에 집어넣
었다. 예전에 아저씨가 사 온 것과 같은 케이크였다. 생
크림 위에 놓인 큼직한 딸기가 먹음직스러워 보였다.
나는 손도 씻지 않고 앉아 케이크를 포크로 크게 떠먹
었다. 엄마 앞에 놓인 커피를 가져다 벌컥벌컥 마셨는
데도 엄마는 화를 내지 않았다. 세 사람 모두 말없이 차
와 커피를 마시며 케이크를 먹었다. 베란다 너머로 검
푸른 하늘이 드리우고 있었다.

무슨 얘기를 하다가 이렇게 딱 멈춰.

내 말에 엄마는 언니의 눈치를 보았고 언니는 고
개를 작게 저었다. 급한 허기가 채워져 포만감이 들었
다. 포크를 내려놓고 팔짱을 끼자 언니가 숨을 고른 뒤
목소리를 잔뜩 깔고 담담한 어조로 이야기를 시작했다.

나와 도시락, 번쩍거리는 돗자리를 내팽개치고
위로 올라간 엄마와 언니는 자연스럽게 아저씨 뒤를 밟
았다고 했다. 밟았다고 하지 않고 따라갔다고 말했지만
아저씨 뒤에 있던 젊은 여자 둘 뒤로 몸을 감추고 몰래
관찰했으니 밟았다는 표현이 더 어울렸다. 뒤에서 본

아저씨는 가관이었다. 손을 잡은 갈색 머리 여자의 머리칼을 귀 뒤로 넘겨주고 힘들지 않냐고 몇 번을 되물었다. 바람이 불 때는 옷을 여며주고 옥이야 금이야 애지중지 알콩달콩. 엄마는 그 모습을 지켜보며 말없이 정상까지 올라갔다. 정상에서 내려다본 세상은 그다지 희망차 보이지 않았다. 아저씨는 기지개를 켜고 주머니에서 찹쌀떡을 꺼내 여자의 입에 넣어주었다. 엄마와 언니가 가까이 있었는데도 알아보지 못한 듯했다. 아저씨는 건강해 보였어. 우리 집에 왔을 때 목발을 짚었던게 가짜가 아니었을까 생각할 정도로. 정말 거짓이었을지도 몰라. 엄마한테 죄책감을 심어주려고 일부러 붕대를 싸매고 온 걸지도 모르지. 아무튼 엄마는 괜찮아 보였어. 표정에 변화가 없었으니까. 정상에서 쉬던 사람들이 다 같이 짠 듯이 하산을 시작하고 엄마와 언니는 아저씨 커플을 뒤따랐다. 내려갈 때도 아저씨는 여자를 알뜰히 챙겼다. 잠자코 걷던 엄마는 팔짱 끼고 있던 언니의 팔을 은근하게 내려놓았다. 그리고 가파른 내리막 길에서 아저씨의 등을 밀면서 동시에 다리를 발로 찼다. 오래전부터 준비해온 것처럼 자연스럽고 일사불란한 동작이었다. 아저씨는 무릎이 꺾이고 중심을 잃자

마자 내리막길을 굴렀다. 전래동화에 나오는 이야기처럼 데굴데굴 끝없이 굴러갔다. 언니는 말릴 틈도 없이 일어난 일이라며 자기를 변호하다가 마치 숨겨진 반전을 이야기하듯 숨을 골랐다. 근데 같이 있던 그 여자가 여보! 외치면서 아저씨한테 달려가는 거야. 엄마랑 나는 당연히 애인인 줄 알았는데. 갈색 머리 여자는 종종걸음으로 자신의 남편에게 뛰어갔다. 엄마와 언니 뒤에서 있던 젊은 여자 둘이 아빠! 소리치며 그 뒤를 빠르게 쫓았다. 엄마와 언니는 세 여자가 아저씨에게 신경이 쏠려 있는 틈을 타 집으로 도망쳤다. 언니는 제일 큰 딸기를 찍어 먹으며 말했다.

경찰이 들이닥칠지도 몰라.

나는 무심하게 케이크를 해치우는 엄마와 언니를 바라보았다. 어젯밤 꾼 꿈 얘기를 하는 것도 아니고 이 사람들은 정신머리가 있는 걸까. 언니는 왜 말도 안 되는 엄마의 장단에 맞춰 똑같은 짓을 벌이고.

이 케이크는 뭔데?

집에 오는 길에 갑자기 먹고 싶어져서 샀어.

왜 그러는 거야, 진짜. 되는대로 좀 살아.

내 반응을 예상하지 못했는지 엄마는 놀란 듯 표정

이 굳었다가 컵을 소리 나게 내려놓았다. 얼굴이 점점 벌게지는 게 보였다. 울음을 내보이기 전의 슬픈 전조였다.

나는 이미 되는대로 살았어. 네 할아버지 패악질 버티고 결혼해서는 유통기한 다 지난 것들까지 꾸역꾸역 먹고, 지긋지긋하게 말 안 들어먹는 너네도 키우고 머리털 다 빠지는 백신도 순서 지나면 돈 내고 맞아야 한대서 주는 대로 맞았다고. 이제 더 지독한 질병이 온댄다. 그거나 주워 먹고 확 죽어버릴까.

엄마는 옛날부터 화를 잘 못 냈다. 내긴 내는데 하나도 무섭지 않았다. 제대로 분노를 표출해본 적이 없거나 남을 위협하지 못하는 사람이었다. 언니와 나는 어렸을 때도 엄마가 화를 내면 반성하는 척 고개를 숙이고는 비웃었다. 그래도 우는 거 하나는 끝장나게 잘하며 살아왔는데. 평생의 눈물을 다 써버린 것일까. 엄마는 이제 화도 못 내고 울지도 못하는 사람이 되었다. 나는 아저씨 뒤를 따라 산을 걷는 엄마를 떠올렸다. 화기애애한 분위기 속에서 엄마는 혼자 구불구불하고 긴 길을 걷는다. 정상에 다다라도 멈추지 않을 것처럼. 엄마의 걸음도 엄마가 걷는 산길도 끝나지 않고 지속된다. 내 시선이 닿을 수 없는 먼 곳으로. 아주 예전부터 엄마는 이미 죽은 듯이 어딘가를 계속 걸어야 하는 사람처럼 살았다. 모두 암묵적으로 이미 알고 있었다. 엄마는 우리와 같은 시공간을 공유하면서 사실은 전혀 다른 이야기 속에서 산다는 것을. 언니와 나는 이런 점에서 못 견딜 정도로 엄마를 빼다 박았다.

화장실은 습하고 추웠다. 오래 참았기 때문인지 소변이 가늘고 길게 나왔다. 끝난 건가 싶으면 잔뇨가 계속 조금씩 나왔다. 나는 자리에서 일어나지 않고 변기에 퍼질러 앉아 숨을 골랐다. 아저씨네 식구들과 경찰이 찾아오면 어떻게 해야 할까. 엄마는 괜찮을까. 내가 그 장면을 감당할 수 있을까. 차라리 그 전에 빨리 모텔로 돌아가는 편이 나을 것 같았다. 해결 방법은 도저히 떠오르지 않았고, 이도 저도 못 하는 상태로 불행이 닥치기를 기다리는 것만큼 무서운 건 없었다. 무섭다고 하면서 제일 잘하는 일일지도 몰랐다. 형편없고 뻔한 미래를 그리는 짓은 꾸준히 해왔으니까. 나는 내가 예상한 방향으로 미끄러져 왔다. 그건 아무리 걸어도 앞으로 나아가지 않는 긴 복도를 홀로 걷는 일과 비슷했다. 걷고 있으니 어딘가에 도착하지 않을까 하는 헛된 기대를 품은 채. 나는 윤조를 그 복도 어딘가에 놓고 혼자서 소설 밖으로 빠져나왔다. 경계 없이 정말로 활짝 웃는 윤조. 그런 건 생각해본 적 없는데 만약에 그렇게 웃는다면 얼굴에 깔린 크고 작은 점들도 같이 움직이겠지. 윤조는 어떻게 그 지난하고 재미없는 삶을 견뎠을까. 여전히 여름 과일을 좋아할까. 두루마리 휴지가 바닥에 떨어지며 실타래 풀리듯 화장실 문 쪽으로 굴러갔다. 나는 휴지를 주워 돌돌 되감고 바지 지퍼를 올렸다. 다시 산으로 가야 했다.

숨을 크게 들이마셨다. 검고 축축한 흙냄새. 어둑한 숲은 고요했다. 등 뒤로 종이 구겨지는 소리가 들려 돌아보면 아무것도 없고 울창한 이파리들이 흔들리고 있었다. 바지에 무성하게 자란 잡초가 스쳤다. 나는 빽빽한 잎사귀를 손으로 쳐내지 않고 그대로 얼굴에 맞으며 걸었다. 생채기가 늘어갈수록 그 부위의 촉각이 예민해졌다. 서로의 영역을 침범하지 않으며 하늘을 뒤덮은 나뭇잎들은 부산스럽게 떠들다가도 내가 고개를 들면 조용해졌다. 저녁의 어둠보다 농도가 짙은 새의 그림자가 빠르게 나무들과 내 몸을 훑고 지나갔다. 목적지는 없으나 목표물은 확실한 사냥꾼이 된 마음으로 계속 걸었다. 아무리 걸어도 위로 향한다는 느낌은 들지 않았다. 원래 길이 없는 것인지 제멋대로 자라난 풀들이 길을 묻어버린 것인지. 어쩌다 마주친 작은 짐승들은 나를 보고 멈칫했다가 이내 고개를 돌렸다. 나는 길을 잃은 채 윤조에게 향하고 있었다. 그동안 정말로 사냥꾼이 되었다. 어느새 내 왼쪽 어깨에는 묵직한 엽총이 걸려 있었다. 총을 쥐었으면 쏴야지. 1막에서 총이 등장하면 3막에서는 발사되어야 한다던 체호프의 말처럼. 하지만 나는 총을 쥘 마음이 없었다. 눈앞에 곰이나 괴물이 나타난다고 해도. 무게를 감각하게 하는 것만으로 총은 제 역할을 다 했고, 게다가 내 총은 언제나 인테리어용 소품일 뿐이었다.

　　윤조를 찾는 일은 온 신경을 집중해야만 했다. 휘청거리다 굳어버린 것 같은 모양새의 나무 기둥과 입체적으로 흔들리는 긴 풀들 사이에 비스듬히 서 있을지도 몰라. 나는 넓은 반경을 관찰하며 아주 천천히 걸었다. 뻐근한 목 뒤에 땀이 올랐다. 잔뜩 긴장한 허벅지. 근육의 움직임이 하나하나 감각되었다. 목이 말랐지만 물을 마시고 싶은 생각은 들지 않았다. 이렇게 무언가에 몰두해본 것은 참 오랜만이야. 피아노 대회 날 꽃비가 쏟아졌던 것처럼 하늘에서 개구리가 내렸다. 작은 청개구리가 머리와 어깨, 신발 위로 무심하게 굵은 비처럼 떨어졌다. 맑은 비린내를 맡으며 눈을 깜빡였다. 개구리가 아니라 힘찬 바람에 나뭇잎이 한바탕 쏟아져 내린 것이었고 사방에서 개구리 울음소리가 들려왔다. 어디 있을까. 지쳐가는 것과는 별개로 산의 공기는 포근하고 애틋해. 어느 순간부터 헤매는 것 자체를 즐기고 있었음을 깨닫자 절망스러운 쾌감이 밀려왔다. 나는 아무것도 외치지 않았는데 어떤 말들이 개구리 울음소리를 뚫고 메아리로 돌아왔다.

　　나는 너의 가능성. 넌 나를 죽이거나 나로 인해 최대치로 살게 되겠지.

　　어렴풋한 목소리는 어딘가 익숙했고 분명히 예전에 들어본 적이 있던 것 같지만 착각에 불과할 것이다. 있지도 않은 윤조의 할머니가 종종 저 멀리서 나를 불러대던 것과 같이. 흘러내리는 엽총을 제대로 고정하고 어깨를 한 번 돌렸다. 개구리 울음소리는 멀어졌다가 벌 떼처럼 밀려들기를 반복했다. 풀린 신발 끈을 단단히 묶고 고개를 드니 나무들이 더욱 무성하게 자라나 있었다. 땀을 많이 흘렸기 때문일까. 무언가 해낸 것만 같은 착각이 들었다. 이 산은 윤조 그 자체라는 확신. 윤조를 찾는 일을 이제 그만둘 수 있을 것도 같았으나 그래서는 안 될 것 같았다. 오래도록 걷는 건 땀이 나고 힘들지만 생각보다는 재미있었다. 걷다 보면 윤조가 은근슬쩍 메아리를 통해 자신의 위치를 알려줄지도 모르고. 오늘은 조금만 더 이곳을 헤매고, 내일은 윤조에게 갈 것이다. 딱히 해줄 수 있는 건 없지만 손톱을 깎아줄 수는 있지 않을까. 윤조의 손톱을 깎아주는 사람이라는 수식은 길어서 꽤 마음에 들어. 어떤 사람의 손톱은 아주 아주 느리게 자랐다. 나는 그 속도를 이해해야 했다. 양말을 벗어볼까 하다가 공원에서 본 사람들처럼 뒤로 걸어보았다. 뒤로 걷기는 쉬웠다. 뒷걸음질 치는 건 내 특기니까. 뒤로. 더 뒤로.

　　윤조네 집은 개판이었다. 포장을 풀다 만 것처럼 물건이 반만 담긴 종이 박스가 곳곳에 놓여 발 디딜 틈 없었다. 거실 한가운데는 겨울옷이 한 무더기 쌓여 있었다. 모두 할머니 물건이었다. 윤조는 버릴 것과 남겨둘 것, 버리고 싶으나 버려서는 안 되는 것을 구별하는 데 어려움을 겪고 있었다. 하지만 이건 버릴 생각 없어. 윤조는 그렇게 말하며 거실 바닥에 널브러진 상자

와 옷가지를 발로 밀면서 걸어왔다. 두 손에는 벽돌만
한 크기의 보석함이 들려 있었다. 아무것도 없다는 말
은 그 안에 무수히 많은 것들을 채워 넣을 수 있다는 말
과 같았다. 나는 보석함을 열지 않았다. 그렇게 생각했
다. 하지만 문이라는 사물이 으레 그러하듯 보석함 뚜
껑은 손을 대지 않았는데도 열렸다. 나는 굳이 보석함
을 가까이 들여다보지 않고도 그 사실을 알았다.

　아니 다시, 열려 있는 거 말고 네가 열어볼래?

　두 손에는 벽돌만 한 크기의 보석함이 들려 있
었다. 아무것도 없다는 말은 그 안에 무수히 많은 것들
을 채워 넣을 수 있다는 말과 같았다. 나는 뻑뻑하니 잘
열리지 않는 보석함 뚜껑을 힘주어 열었다. 그 안에는
녹이 슨 열쇠가 무용하게 놓여 있었다. 이건 재미없지.
내가 보고 싶던 건 이런 게 아니었으니까. 다시. 보석함
은 묵직했다. 나는 뻑뻑하니 잘 열리지 않는 보석함 뚜
껑을 힘주어 열었다. 그 안에는 무말랭이처럼 새까맣
고 작은 손가락이 들어 있었다. 보석함을 책상에 내려
놓은 뒤 윤조와 나는 눈을 맞췄다. 떨리는 마음으로 그
손가락을 집어 들었을 때 기묘한 냄새가 올라오며……
내가 하려고 했던 것이 기묘한 이야기는 아니었지. 처

음 맡아본 냄새처럼 이상하고 신비로운 세계를 펼쳐놓
으려던 것도 아니었다. 다시. 보석함은 묵직했다. 나는
빽빽하니 잘 열리지 않는 보석함 뚜껑을 힘주어 열었
다. 보석함 안에는 보석함보다 조금 작은 상자가 들어
있었다. 그 상자 안에는 또 다른 상자가, 그보다 더 작
은 또 다른 상자가 계속해서 나왔다. 나는 이 상자들의
끝에 뭐가 있는지 확인하고 싶은 마음으로 끈덕지게 상
자를 열어댔고 어느새 보석함은 윤조와 나에게 뒷전이
되고 말았다. 나는 알고 있었다. 상자의 끝에는 잔뜩 구
겨진 껌 종이가 있을 것이고, 거기에는 내가 껌을 부풀
리면서 숨과 함께 담은 소망이 적혀 있을 것이다. 하지
만 그것들이 정말로 나를 살게 만들었나. 희망이나 바
람 같은 건 입에 발린 응원에 불과해. 그렇게 달콤한 허
풍은 단물이 금방 빠지니 먹을 마음이 없었고. 머릿속
에 풀어 헤쳐진 수많은 상자들을 잘 정리해 차곡차곡
쌓았다. 다시. 보석함은 묵직했다. 나는 빽빽하니 잘 열
리지 않는 보석함 뚜껑을 힘주어 열었다. 그 안에는 아
무것도 없었다. 보석함 내부에 푹신하게 잘 깔린 쿠션
을 두어 번 꾹꾹 눌러본 뒤에 뚜껑을 닫았다. 역시나 아
직 아무것도 들어 있지 않구나. 그럴 줄 알았지. 나는 침

대에 누웠다. 많은 꿈이 한꺼번에 몰려들고 있었다. 보석함은 침대맡 서랍장 위에 올려두었다. 재미있는 꿈을 꾼 후에 보석함을 다시 확인하는 게 좋겠어. 어쩌면 재미없는 꿈을 꾸거나 아무런 꿈도 꾸지 못해도 나는 습관처럼 보석함을 여닫게 될지도 몰랐다. 이해되지 않는 것들은 왜 자꾸 나를 살고 싶게 하는지. 나비 모양으로 새겨진 자개는 볼 때마다 색과 빛이 달라졌고 보석함은 벽돌처럼 묵직해서 존재의 무게감이 확실했다. 온 힘을 실어 사람의 머리통을 가격한다면 강력한 무기로도 손색없을 것 같았다. 기분에 따라 열리지 않을 때도 있으니 소중한 걸 보관하거나 끔찍한 것을 숨기기에도 안성맞춤일 것이며 어느 날은 손을 대지 않아도 저절로 입을 벌린 채 새로운 욕이나 이상한 이야기를 지껄일 수도 있겠다.

내 어깨 위의 도깨비

　『녹색 갈증』은 어느 겨울에 완성했다. 지루하고 지난한 겨울이었다. 그 뒤에 그렇게 썩어빠진 봄이 올 줄 알았더라면 지난할지언정 지루하지는 말걸, 하고 그 겨울에 대해 종종 아쉬워한다.

　그때 내게는 어딜 가든 함께 다니는 도깨비가 있었다. 데리고 다녔다기보다 내 어깨 위에 살았다고 말하는 게 맞겠다. 도깨비는 피로나 우울감 따위를 은유적으로 돌려 말하는 종류의 것은 아니다. 오히려 사랑 비슷한 쪽에 가깝다. 하지만 사랑이든 우울이든 뭐든지 어느 한쪽으로 쏠려 있는 건 위험해. 나라는 인간의 무게중심을 잘 맞추기 위해 도깨비는 오른쪽 어깨와 왼쪽 어깨를 오가며 잠자리를 바꾸었다. 오른쪽 어깨는 자주 움직인다. 오른손으로 글씨를 쓰고 숟가락질하고 지퍼를 올리니까. 도깨비는 거의 왼쪽 어깨에서 생활했다. 그게 균형이 맞다고 생각하는 모양이었다. 점점 더 왼쪽으로. 그러다 보니 도깨비가 삐딱선을 타는 건 당연했다. 도깨비는 고개를 삐딱하게 기울이고 내게 귓속 말했다. 나는 오줌을 누면서, 다 누고도 자리에서 일어나지 않고 도깨비의 말을 가만히 들었다. 도깨비의 말을 듣는 동안 나는 점점 왼쪽에 가까운 사람이 되었다. 왼손으로 하는 젓가락질을 연습했다. 치즈를 살 때도 왼쪽에 놓인 것을 골랐다. 무언가 선택의 기준이 생긴다는 건 좋은 걸까, 나쁜 걸까.

　　나는 뭐든지 좋은 것과 나쁜 것으로 나누는 습관이 있었다. 있었다고 믿지만 지금도 있고 앞으로도 있을 거라는 슬픈 예감. 내가 미래를 예측할 때마다 삐딱한 채로 목이 굳어진 도깨비가 짖었다. 웃거나 짖거나 웃는 듯이 짖었다. 도깨비와 나는 꽤 친하고 균형이 잘 맞았다. 도깨비는 이가 고르고 안광이 좋고 매력적이므로, 나는 내 어깨를 내어줄 수밖에 없었다. 어깨가 아니라 다른 것들도 많이 빌려주었고 아직까지 돌려받지 못했다.

그런 겨울이었다. 밋밋한 상태로 장을 보고 요리를 하고 청소를 하고 『녹색 갈증』을 뒤집어엎었다. 근무 시간이 오전 9시부터 오후 6시까지인 직장을 알아보기도 했다. 규칙적으로 살면 도깨비가 내 어깨에서 떠나지 않을까. 아니면 내게 맞춰 규칙적인 도깨비가 되려나. '규칙적인 도깨비야, 일어났니.' 도깨비는 귀엽고 같이 살기에도 나쁘지 않을 것 같았다. 다른 조건은 딱히 고려하지 않았다. 나는 얼빠진 회사에 다니고 싶었다. 일부러 규모가 작고 얼빠져 보이는 회사만 골라 스크랩했다. 제시하는 조건만 대충 읽어도 얼빠진 회사는 고르기 어렵지 않았다. 얼빠져 보이는 회사의 얼빠진 일꾼 역할은 내가 충분히 할 수 있을 것만 같았다. 다 부질없어진 이야기다.

도깨비야, 일어나봐. 도깨비는 이제 불러도 잘 보이지 않는다. 그건 내가 최장영실(고양이, 2019년 7월생)과 살고 있기 때문이다. 도깨비는 술을 좋아하고 고양이를 무서워한다. 술 마실 때 가끔 나타나기도 하는데 처음에 비해 살이 많이 찌고 안광이 흐려졌다. 이것은 좋은 징조이고, 나는 어쩌면 순자 씨의 도시락 같은 소설을 쓸 수 있게 될지도 모른다. 순자 씨의 도시락은 황정은 소설 『계속해보겠습니다』(창비, 2014)에 나오는 것으로, 소라와 나나와 나기의 뼈를 길러냈다. 순자 씨의 도시락 같은 소설을 쓰고 싶다는 건 꽤 오래된 소망이었다. 계란프라이 하나에 양념간장을 뿌리거나, 밥에 오이지만 수북한, 투박하기 이를 데 없는 순자 씨의 도시락. 나는 여전히 순자 씨의 도시락 같은 소설을 쓰고 싶다. 나의 도깨비에게도 그런 걸 먹이고 싶다. 진작 먹였다면 도깨비는 조금 더 보잘 것 있는 것이 되었을까. 도깨비는 도시락 대신에 내게서 다른 걸 집어 먹고 자라났다. 나의 시야가 비좁은 까닭이다.

언젠가 학교에 다닐 때 '내게 쓰는 편지'라는 걸 쓴 적이 있다. 나는 미래의 나에게 이렇게 썼다. '돈이 없으면 돈이 없는 글을 쓰고, 하는 일이 없으면 하는 일이 없는 글을 쓰고 있으면 좋겠어. 기분이 좋고 돈도 벌고 바쁘게 살고 있으면 이 글을 보지 않겠지만, 그래도 혹시나 본다면 네가 뭘 좋아하는지 잊어버리지 않았길 바라.' 졸업 후 다섯 번 정도 편지를 열어 봤다. 열 때마다 과거의 내게 욕을 했던 것 같다. 마지막으로 펼친 건 『녹색 갈증』의 겨울이다. 편지는 내가 내린 저주 그리고 도깨비의 기원. 나는 이제 절대 나에게 편지를 쓰지 않는다.

저주를 곧이곧대로 잘 받아서 나는 지금 글을 쓰고 있다. 글을 쓰다 오줌이 마려우면 참을 수 있을 때까지 참는다. 에스컬레이터에 줄이 너무 길면 사람이 다 빠질 때까지 기다린다. 기분이 좋지 않으면 뜨거운 물로 샤워를 오래 하고 커피를 내리고 만화를 본다. 나쁜 습관을 버티는 일은 시간의 품이 많이 드는 것 같다.

강은 멀리서 바라보면 멈추어 있는 것처럼 보인다. 오후의 햇살은 시간을 진득하게 잡아당겨. 늘어난 시골길을 걷듯이 한낮의 강가에서 기분 좋은 잠을 자던 때가 있었다. 하지만 큰비가 오거나 태풍이 지나간 뒤의 강물은 너무 힘차게 어디론가 흐르고, 사랑하거나 아직 사랑하지 못한 나의 모든 것들이 나쁜 방향으로 모조리 휩쓸려가고 있다는 생각. 나는 그게 무서워 강을 가까이하지 않았다.

슬로모션으로 붕괴되는 건물.

내리막길에 이제 막 진입한 유모차, 그 안에 탄 아기와 눈이 마주치는 순간처럼.

걷잡을 수 없이 드리워지는 불안의 뉘앙스가 있고 그런 건 한번 시작되면 말 그대로 걷잡을 수 없다.

그런 느낌을 종종 받는다. 유모차를 생각하다 보면 나는 어느새 유모차를 타고 어디론가 흘러가고 있다. 전혀 바라본 바 없는 쪽으로. 진득한 오후에 느리고 환한 강물을 바라보면서.

아가야, 그런 방식으로 불행을 대비하는 삶은 행복해질 수 없단다.

나를 아가라고 부르는 목소리는 굉장히 다정하고 정확하게 들려서 잊을 수 없다. 자장가를 따라 부르듯 혼자서 후렴구를 흉내 냈던 적이 있었다. 발음이 좋고 자기주장이 세구나. 지금은 그렇게 생각하고 있다.

출근길에 앞서 걷는 사람의 가방이 열려 있는 것을 보았다. 가방 속 물건은 언제 쏟아져도 이상하지 않을 것 같았고, 나는 아슬아슬한 걸 싫어해. 가방에서 눈을 뗐다. 그 일이 자주 생각난다. 가방 문을 닫으라고 말해주었어야 했는데. 아슬아슬한 것들이 아슬아슬하지 않은 상태가 되도록 아주 약간의 힘을 보탰다면 도깨비는 어디에서 살았을까. 누군가와 인생을 동반한다는 건 그의 죽음을 한 번쯤 상상하게 만드는 것 같다. 나의 도깨비는 과연 죽을 수 있을까.

　어느 가을에는 짧은 소설을 웹진에 게재했다. 누구나 마음속에 하나쯤 품고 사는 연못을 그려놓았다. 연못은 우거진 풀로 둘러싸이고 고요한 곳에 있다. 나는 항상 그곳에 있었다. 누군가 혹은 무언가를 초대하거나 혼자 연못에 수생식물을 심으면서. 초대하지 않았는데 찾아와 구정물을 붓고 가는 사람도 있었다. 최근, 내가 가장 잘못한 일은 더러워진 연못을 가만히 들여다보는 데 너무 긴 시간을 쏟은 것이다. 최근 내가 가장 잘한 일은 더러워진 연못을 감추지 않은 것이다. 연못에 우유 한 컵이 쏟아졌다고 하자. 우유 한 컵으로 오염된 연못을 정화하기 위해서는 몇십 배의 깨끗한 물이 필요하다. 다행히 나는 깨끗한 물을 끌어올 에너지가 있는 편이다. 도와주는 친구도 있고, 팔의 근력도 세다. 내 연못은 오랜 시간에 걸쳐 회복될 것이다.

　이제 와 생각해보니 마음을 숨기느라 얼기설기 거칠게 그린 그림에 지나지 않았구나. 하지만 역시 연

못은 거칠어야지. 순자 씨의 도시락을 만들지는 못해
도, 나는 내게 주어진 도시락을 나누어 먹을 수는 있다.
어떤 이에게는 전부 내어줄 수도 있다. 도시락을 만드
는 데는 힘과 애정과 인간에 대한 애틋함이 필요할지도
모르겠으나, 도시락을 나누어 먹는 데는 이리 와 한술
뜨라는 손짓만으로도 충분하므로.

『녹색 갈증』의 겨울이 훌쩍 지난 어느 날 고양이
가 잠든 밤에 슬쩍 도깨비를 불러냈다. 예전에는 왼쪽
어깨에 앉아 머리통을 꽉 껴안고 온종일 귓속말을 해댔
으면서, 이제는 말도 없고 표정도 없었다. 이렇게 적은
양의 술로는 입을 열게 할 수 없구나. 지긋지긋한 놈. 하
지만 안광을 잃어도 도깨비는 여전히 매력적이었다. 나
는 도깨비를 잘 달래고 등을 쓸어주고 토닥여주다가 순
자 씨의 도시락을 아빠 숟가락으로 크게 한 입 떠먹여
주고 싶었다. 하지만 도시락은 이미 다른 걸 먹고 자란
도깨비의 입맛에 영 맞지 않았고, 나는 이제 네게 줄 만
한 게 없어. 그런 방식으로 불행을 대비하는 삶은.

지나온 시간을 되짚어 내가 잘하는 일이면서 동
시에 좋아하는 일을 생각해보았다. 나는 밥이 필요한

사람을 잘 발견했다. 그리고 밥도 잘했다. 아, 밥 좀 먹여야겠는데, 하여 부르면 친구들은 별 의문 없이 버스를 타거나 지하철을 타고 흘러오듯 내 집 현관문을 두드렸다. 정신이나 신체의 힘이 부족한 상태(약간 흐물흐물한 느낌)로 방바닥, 의자, 침대에 앉거나 누웠다. 멋진 말이나 위로를 해주고 싶었지만 못했다. 하긴 했는데 실패했다. 위로를 잘하는 건 재능이 아닐까 싶을 정도로 어려웠다. 친구를 방에 두고 부엌으로 가 불을 올렸다. 된장찌개나 카레를 나눠 먹고 커피도 먹고 빵도 같이 찢어 먹고, 김치 계란말이도 해 먹고. 다행이다 내게 음식을 만들어줄 힘이 있어서, 라고 나 자신에게 감탄하며 친구가 잠든 밤에는 마음으로 울었다.

도깨비야, 일어나봐.

내 친구들은 자주 목이 말랐고 물을 찾아 먹기 위해 일어나 여기저기 문을 두드리고 냉장고 문도 두드릴 줄 알았다. 나의 도깨비에게는 뭘 먹여야 하나. 그 애를 위해 뭘 만들어야 할지 아직도 메뉴를 정하지 못했다. 사실 내가 무서운 것은 이 세상 최고의 음식을 만들어도 도깨비가 안 먹어줄 것 같기 때문이다. 아주 오래전에 레시피를 하나도 지키지 않은 음식을 만들어 도깨비의 팔다리를 붙잡고 아귀를 벌려 음식을 쑤셔 넣은 적이 있다. 그러지 말았어야 했다. 정말 그렇게 하지 말았어야 했다.

소설 속에 요리하는 장면을 여러 번 썼다. 요리에는 힘이 담긴다고 생각한다. 힘을 담아야지, 하고 무나가지를 착착 썰고 육수를 진하게 뽑아내면 그 음식은 (아마도) 먹는 이에게 힘을 준다. 그 반대도 마찬가지다. 어디에도 중심을 두지 못했던 시절에 나는 요리를 많이 했다. 거의 온종일 했다. 욕을 하면서 고기를 재우고, 독을 풀듯이 간장을 육수에 넣었다. 요리하는 동안 생각을 하지 않을 수 있을 줄 알았는데 그렇지 않았고, 그때 만든 음식을 먹은 친구들은 하나같이 복통을 호소했다. 네 음식은 먹고 나면 배가 아프지만 맛있어서 계속 먹게 된다고 말해주었던 친구에게 사랑을 바치고 싶다.

나는 요리를 잘하지만 요리하는 걸 좋아하지는 않아. 나는 요리를 잘하지만 좋아하지는 않아! 그렇게 말하고 다녔으나 사실 나는 요리를 잘한다기보다 몇 가지 익숙한 음식을 적당히 맵게 만들 줄 안다. 기분이 좋을 때 요리하는 걸 좋아하고, 기분이 안 좋을 때는 요리

하는 일이 이 세상 제일 끔찍한 노동으로 여겨진다. 그
래서 이번에 결심한 것은 도깨비의 기분을 추측하고 비
위를 살살 맞춰, 컨디션이 좋아 보일 때 순자 씨의 도시
락 비슷한 걸 접시에 담아 내놓는 것이다. 어쩌면 먹어
줄 수도 있지 않을까. 괘씸하게 여기려나. 도깨비는 가
끔 출몰하려다가도 최장영실과 눈이 마주치면 어딘가
로 다시 쑥 들어가 숨는다. 최장영실은 엄청난 초능력
을 가진 고양이로 만성 허피스가 있어 콧물을 흘리고,
나의 이마에 자기 이마를 맞대는 마법 같은 방식으로
도깨비를 쫓아낸다. 나는 순자 씨의 도시락을 흉내도
못 내는데, 최장영실은 자주 그런 걸 만들어 내 입속으
로 밀어 넣어준다. 누군가와 인생을 동반한다는 건 굉
장한 일이다.

    최장영실은 애니멀 호딩 현장에서 구조되었다
고 한다. 나는 '동물권행동 카라'에서 영실이를 처음 만
났다. 그때 영실이는 연이라는 이름을 가지고 있었고,
그것도 꽤 잘 어울리는 이름이었다고 생각해. 내 엄마
이름은 연옥이고, 영실이의 카라 보호 시절 이름은 연
이. 운명이 틀림없다. 최장영실은 분뇨와 쓰레기가 구분

되지 않게 뒤섞여 있는 곳에서 38마리의 다른 고양이들과 함께 방치되었다. 그 탓에 눈물과 콧물을 만성으로 달고 살아야 하는 병에 걸렸다. 병원에 가서 이것저것 검사하고, 알맞은 약을 처방받고, 그다음부터는 집에서도 꾸준히 호흡기관을 관리하기 위해 네뷸라이저를 해야 한다. 나는 아주 가끔 분뇨로 만들어진 언덕 위에 가만히 앉아 울고 있는 최장영실을 상상한다. 인간은 지겹다. 그건 최장영실을 만나기 전부터 갖고 있던 생각이지만 나는 계속 인간에 대해 쓰고 있다.

불안을 대비하는 상상. 그건 대부분 정도를 지나치지만 정도가 지나친 일들은 실제로도 종종 일어나기 때문에 몇 번은 유용하게 대비할 수 있었다. 몇 번의 대비를 위해 너무 많은 시간을 낭비했다. 상상은 부정적일수록 일리 있게 느껴져 나를 손쉽게 사로잡았다. 최장영실은 한숨을 쉬고 하품을 하고 콧물을 흘리면서 자기가 상상 속 어딘가가 아니라, 지금 여기 있다는 걸 알린다. 그러면 나는 가만히 현실로 돌아온다. 최장영실의 끼니를 챙겨주고 양치를 해주고 화장실을 치워주고 사랑을 주고 또 받아야 하기 때문이다. 카라 인스타그램에 최장영실과 함께 구조되었던 고양이들의 입양

소식이 올라오곤 한다. 나는 그 애들이 모두 최장영실의 가족이라고 생각해. 다 다르게 생겼지만 그 애들은 모두 비슷한 표정이 배어 있다. 최장영실을 불러다가 "영실아, 너 애 알지?" 하고 핸드폰 화면을 보여주면, 최장영실은 졸다 깨서 화면을 잠시 응시하다가 다시 눈을 감는다. 좋게좋게 눈인사라고 여기고 있다.

누군가와 인생을 동반한다는 건 그의 죽음을 몇 번이고 상상하게 만드는 것 같다. 최장영실은 병원을 주기적으로 방문해야 한다. 그건 병원에 갈 때마다 어떤 소리를 들을지 각오해야 함을 뜻한다. 나는 네가 아파하다가 죽는 걸 상상해. 얼마나 슬플지 가늠해보기 위해. 그건 내가 지닌 짙은 습관에 지나지 않는다. 하지만 아무리 연습해도 안 되는 게 있고, 어쩜 좋아, 정말. 연습해도 안 되는 게 있다니. 나는 최장영실을 만난 후 가장 잘해왔던 못된 짓을 제대로 하지 못하게 되었다. 엄청나게 무섭고 슬프다는 말 따위로는 표현되지 않는 감정으로 나는 너를 사랑한단다. 사랑해. 사랑하고 있어. 요즘에는 새로운 습관을 들이고 있다. 최장영실과 내가 이마를 대고 있으면 사랑의 전파를 타고 지지직 내 생각이 최장영실에게 전해질 거라고 믿어, 이마를 대면 엄청나게 빠른 속도로 할 말을 전한다. 넌 너무 말이 많다고, 언젠가 답신이 오기를 기다리고 있다. 아, 그리고 최장영실은 '최 장영실'이 아니라, '최장 영실'이다.

집에 놀러 온 친구에게 이 원고에 대해 말하면서 '내게 쓰는 편지' 이야기를 했다. 미래의 나를 향해 쓰는 편지는 마지막 수업의 과제였다. 친구는 과제를 하지 않았다. 자기는 안 써서 다행이라고 했다. 그 친구와 나는 많은 대화를 하고, 시트콤 등장인물이 된 것처럼 놀았다. 어제도 그랬고, 5년 전에도 그랬다. 너는 미래의 자신에게 편지를 쓰지 않아 다행이라고 했지만, 나는 미래의 네게 할 말이 있어. 하지만 절대 말해주지 않을 예정이다. 현재의 네가 아니라, 미래의 너에게 하고 싶은 말이니까. 궁금하지? 그러니까 너도 편지를 썼어야지.

고양이는 하루 평균 열여섯 시간을 잔다. 깊은 잠과 얕은 잠을 오가겠지만 사람보다 꿈꾸는 시간이 많지 않을까? 꿈은 기억으로 만들어진다고 들었는데 그것참 큰일이다. 영실이 꿈속에 내가 안 나와도 되니까 분뇨에 묻혀 살던 시절도 안 나왔으면 좋겠다. 인상적인 기억이 꿈에 반영될 가능성이 높다고 하여 어제는 최장영실 앞에서 춤을 췄다. 표정이 좋지 않았지만 강렬한 기억을 심어준 것 같긴 하다. 너를 사랑한단다. 사랑해. 사랑하고 있어. 최장영실의 꿈에 사랑이 등장하면 좋겠다는 마음으로 사랑을 자주 말하려고 하지만 아직 쑥스러워서 하루를 마감하기 전, 이불을 덮고 딱 한 번씩밖에 못 하고 있다. 나중에는 너무 많이 말해서 사랑이라고 발음하면 자기 밥 주는 줄 알고 앙앙 울어댈지도. 최장영실이 인간의 언어를 쓸 수 있게 된다면 도깨비에게 해줄 음식 메뉴를 추천받을 생각이다. 최장영실은 마법의 천재 초능력을 지니고 있음으로 분명히 해답을 알고 있을 것이다.

'녹색 갈증'은 무엇일까. 질문에 대해 생각하다 보니 도깨비 이야기를 안 꺼낼 수가 없었는데, 너무 많은 걸 술술 불어버린 듯하다. 휘파람 불면서 길을 잃는 기분. 그래서 '녹색 갈증'이란 무엇일까. 나의 도깨비, 연못, 누군가의 열린 가방, 10월 2일부터 함께 살기 시작한 최장 영실, 순자 씨의 도시락, 내게 쓰는 편지. 난 언제나 같은 것만 말하고 있는지도 모르겠다. 술술술술 입을 놀리면서 걸으면서 길을 잃으면서 걷는 것.

해설

바로 여기, 뒷장으로부터

―소유정(문학평론가)

에드워드 윌슨에 의하면 '녹색 갈증'이란 다른 형태의 생명체와 연결되고 싶어 하는 욕구다. 인간에게는 자연과 생명체에 이끌리는 경향이 내재되어 있기 때문에 자연으로의 회귀본능은 자연스러운 증상이라는 것이 윌슨의 주장이다. 그가 말하는 녹색 갈증의 의미는 제목이 그러하듯 최미래의 소설에서도 어느 정도 유효하다. 단지 녹색 갈증에 목말라하는 도시 생활자를 그리고 있기 때문만은 아니다. 이 소설에서의 녹색 갈증이 더 효과적으로 읽히는 건 소설의 배경이 코로나로 고립된 생활을 하고 있는 지금-여기의 시공간을 공유하고 있는 이유에서일 것이다. 소설 속 현재는 전염병 대유행이 한차례 지나간 지금의 현실과 많이 닮아 있다. 구체적인 시간은 코로나로 가장 많은 사망자 수를 기록한 "모두의 기일"(51쪽) 무렵으로 국가적인 추모 분위기가 형성되어 더 삭막한 풍경이다. 마스크와 낙엽을 태우는 추모 행위로 인해 연기가 자욱한 하늘은 어쩐지 비현실적으로 느껴지지만, 이 비현실적인 분위기는 소설 바깥의 현실과 연결되어 충분히 그려봄 직한 것이다. 익숙한 동네에도 사람이 없어 꼭 꿈속에 들어와 있는 것처럼 낯설면서도 "우리와 같은 시공간을 공유하면서 사실은 전혀 다른 이야기"(141쪽)를 하고 있는 많은 소설을 떠올려보면 이는 전혀 이상하지 않다.

그렇기에 현실의 우리가 그러하듯 『녹색 갈증』에 등장하는 인물들에게 제목과 같은 욕구가 이는 것은 당연한 일이다. 눈여겨볼 것은 이 소설에서 녹색 갈증은 질병으로 인해 통제된 환경 안에서 발생한 것이라기보다 개인의 결핍에 의한 욕망과 결합하여 발생한다는 사실이다. 때문에 최미래의 소설에서 녹색 갈증은 윌슨이 말한 것보다 한층 더 입체적인 욕망으로 그려진다. 이 소설에서 녹색 갈증을 느낀 이들이 주로 찾는 공간

은 '산'이다. 자연 그대로를 표상하는 공간이지만 인물
들의 개인적인 욕망이 섞여 산은 좀 더 의뭉스럽고 알
수 없는 공간으로 변모한다. '나'의 엄마는 산에서 사랑
했고, 사랑했던 사람을 그 산에서 죽이려고도 한다. '나'
가 일하고 있는 모텔의 장기투숙객인 203호 할머니 역
시 목적을 알 수 없는, 산과는 어울리지 않는 복장으로
자주 산을 찾는다. 그렇다면 '나'는 어떤가. '나'에게도
산은 더없이 중요한 공간이다. 어렸을 때는 주체할 수
없는 에너지를 분출하기 위해 엄마와 산에 갔던 기억이
있다. 집으로 돌아간 뒤에도 (내키지는 않았으나) 엄마, 언
니, 윤조와 함께 산에 오른다. 헤어진 연인인 명과의 재
회를 바라며 향하는 곳도 바로 산이 아니던가. 그런데
'나'에게 있어 산은 앞에서의 서술처럼 바라 마지않는
소망을 이루고자 찾는 고지이며 끓어오르는 에너지를
해소할 수 있는 자연의 공간일 뿐만 아니라, "연필을 굴
리지 않아야 그려지는 그림"(28쪽)처럼 오직 상상으로
만 닿을 수 있는 장소이기도 하다.

　　그게 아니야. 윤조는 손바닥으로 내 두 눈을 감
겨주었다. 나는 윤조의 목소리를 길잡이 삼아 따라갈

수밖에 없었다. 연필을 굴리지 않아야 그려지는 그림이 있다는 건 아직도 믿어지지 않는 사실이다. 어떻게 그 감각을 설명할 수 있을까. 나로서는 불가능하지만 어쩌면 윤조는 여전히 가능할지도 모르겠다. 그렇게 보았던 장면은 내가 상상해왔던 그 어떤 것보다도 살아 있었다. 일부러 애쓰지 않아도 그곳의 날씨는 자유자재로 바뀌었으며 처음 디뎌본 곳인데도 이미 예전에 와본 적 있는 것같이 익숙했다. 긴 시간 뒤에 찾아올 거라고 예상한 미래가 바로 눈앞에 당도한 것처럼. 아니야, 넌 언제나 여기에 있었어. 귓가에 맴도는 윤조의 말이 숨과 함께 전언처럼 들려왔고. 바다가 보이지 않는데 어디선가 파도가 쳤다. (27~28쪽)

'산으로 가는 법'은 간단했다. 가만히 눈을 감고 눈 안쪽으로 그늘을 만들어보면 충분히 가능한 일이었다. 감은 눈 안으로 만들어지는 공간은 원하는 만큼 확장될 수 있고, 언제든지 원하는 곳이 되었다. 산에 있지 않아도 눈을 감으면 언제든 산이었고, 바다에 있지 않아도 파도 소리가 들렸다. 이는 '나'의 내면에서 새로운 공간을 모색하여 그림을 그려보는 것이자 현실과는 구분되지 않는 시공간을 무의식에 만들어두는 것이 기도 했다. 이와 같은 심상화 과정에서 가장 중요한 원리로 작동하는 것은 바로 어떤 마음이다. "결국 얻게 될 거라는 마음가짐"(28쪽)이라면 믿음을 현실로 끌어당기고 있다는 "아름다운 착각"으로 살아갈 수 있었다. "세워놓은 계획도 딱히 원하는 것도 없었"지만 "어떻게든 모든 일이 술술까지는 아니지만 차근차근 이루어지리라"(29쪽) 하는 믿음은 바람을 현실로 실현시키기 위한 필수 조건이었다. 하지만 '나'의 마음으로부터 비롯된 이 근거 없는 믿음이 흐지부지 끝나버린 것은 그것의 시작과 맞닿아 있다. '나'에게 산으로 가는 법을 알려준 이는 윤조이며, 윤조는 실존하는 인물이 아닌, '나'가 쓴 소설 속 인물이기 때문이다. 그동안 상상으로 내면의 공간을 확장시킬 수 있었던 것도 소설을 쓰고 있기에 가능한 일이었다.

쓰기의 시작은, 그러니까 윤조와의 만남은 화자가 어린 시절 피아노 대회에 나갔던 날의 꿈을 꾸는 것에서부터 시작된다. 연주하기 위해 올라선 무대 위로 온갖 것들이 떨어지는 꿈은 '나'에게 있어 "윤조를 불러오는 신호"(11쪽)와 같았는데, 그 이유는 그날의 기억이 아직까지도 '나'의 무의식에 내상으로 남아 있는, 도망치고 싶었던 최초의 순간이기 때문일 것이다. 이러한 현실도피적인 욕망은 '나'로 하여금 현존하고 있는 이 세계가 아니라 윤조가 있는 소설적 현실의 공간을 더욱 확장시킨다. 그렇기에 '나'에게 "살아 있다는 느낌"(13쪽)은 윤조와 함께 있을 때에만 실감할 수 있는 것이다. 그러나 "윤조만 바라보는 동안 가족, 다른 친구 등 인간관계는 단절"되어버리고, "성적도 살아가는 모양도 엉망"(14쪽)이 되어가면서 화자는 진짜 현실의 물음들과 마주하게 된다. 마침내 "윤조를 놓아버리고 안정적인 마음 상태와 선명한 미래를 그리기로 결심"(12쪽)하게 되는 것도 그러한 까닭이다. "윤조를 불러내고 다시 없애버리는 일"은 소설적 현실이 아니라 현존하는 지금의 세계에 가까워지려 할수록 더 수월한 것이었으므로, '나'는 결국 윤조를 자신이 쓴 소설 속에 두고 나온다. 「프롤로그」의 말미는 어떠한 완결성 없이 중단되어버린 '나'의 소설 속 마지막 장면이기도 하다. 더 이상 넘어가지 않는 페이지 안에 윤조를 두고 나오긴 했지만 '나'에게 소설은, 그리고 쓰는 일은 그렇게 간단한 것이 아니었다. 윤조와 함께 있을 때에만 '살아 있음'을 느꼈다는 '나'의 고백은 오직 글쓰기를 통해서만 실존을 감각했다는 말이기도 하므로. 요컨대 '나'에게 작동하는 녹색 갈증은 실존하는 생명체는 아니지만, 쓰는 이에 의해 강력한 생명력을 부여받은 하나의 세계에 대한 것으로 이어진다. 오직 '나'에 의해서만 만들어질 수 있는 세계, 그러나 닿을 수 없는 세계를 향한 열망이 지금 '나'에게는 가장 선명한 갈증일 테다.

　　어쩌면 '나'는 언제라도 윤조를 다시 불러낼 수 있지 않을까? '나'를 찌르던 현실의 물음을 걷어내고 그때로 돌아가기로 마음먹는다면, 충분히 가능한 일이 아닐까? 하지만 '나'에게 던져진 현실의 물음은 어느 순간부터 타인의 것보다 스스로를 향해 있는 것들이 더 많았다. "어느 날은 내가 소설을 쓰기 때문에 말을 거의 하지 않는다는 말을 들었다"(72쪽)거나 "어느 꿈에서는 내가 소설을 쓰려고 하기 때문에 다른 모든 걸 다 놓아버리지 않냐는 말을 들었다"는 말은 모두 자기 자신으로 향한 말이다. 때문에 지금의 '나'는 "한 편의 이야기가 아니라 어떤 마음 자체를 잃어"(41쪽)버린 상태에 가깝다. '나'를 윤조의 곁으로 데려다주었던 마음들을 몽땅 상실한 채로 있는 지금의 화자는 그가 일하는 삭막한 모텔 그 자체와 다르지 않다. 빛도 들지 않는 모텔에서 보내는 매일 같은 일상도 '나'를 고취시킬 수 없는 요소 중 하나다. 잠깐이나마 그를 생기 있게 만드는 건 옛 연인 명과의 우연한 재회다. '나'는 명과 함께 산에 오르며 관계의 회복을 바라지만, 오히려 돌이킬 수 없는 완전한 이별을 맞이하고 만다. '나'가 명을 이해할 수 없어서 사랑했다면, 명은 '나'를 이해할 수 없기에 사랑할 수도 없는 것이었다. 이별의 이유를 정확히 확인하고 돌아서며 쓸쓸함을 느끼지만, '나'는 언제나 그랬듯 "명이 한 말에서 내가 해야 하는 것들이나 하고 싶었던 것들의 힌트"(61쪽)를 얻는다. 그것은 명과 헤어지던 날 밤, 감은 눈 안으로 생겨난 문으로 나타난다.

어둠에 익숙해진 눈으로 방문의 네모나고 길쭉한 형태가 보였다. 그 테두리가 지하철에서 바라본 한강처럼 일렁였다. 아른거리다 사라지는 문. 나는 눈을 감았다. 숲에 가고 싶어졌다. 산에 오르고 싶다기보다 녹음이 짙은 숲속에 들어가 길을 잃고만 싶었다. 이를 어쩌면 좋지, 라는 마음을 가지고 오랫동안 해가 질 때까지 숲속을 헤매다가 외딴집 하나 발견해서 그곳

에 잠시 머물고 싶었다. 이 마음은 결국 헤매는 데 중점
이 있는 게 아니라 쉴 곳을 만나고 싶은 것에 가까운가.

(73~74쪽)

문을 열고 그 너머의 숲에서 길을 잃고 외딴집을
발견해서 잠시 머물고 싶은 마음. 아주 오랜만에 갖게
된 마음 덕에 '나'는 어딘가로 향할 수 있게 되었다. 이
마음으로 향할 그곳, 헤맬 곳, 아니 쉴 곳은 어디인가.

명과 헤어진 후 모텔을 떠나 찾은 곳은 다름 아
닌 집이다. 외롭도록 혼자였던 모텔과 달리 빛이 들고
고유한 냄새를 가진 집. 언제 와도 혼자가 아닌 집이었
다. 그러고 보면 '나'가 집으로 돌아온 건 당연한 수순이
기도 했다. 집은 언제나 그가 무언가를 흐지부지 끝내
고 돌아가는 장소였으며 동시에 또 다른 시작을 위해 떠
나야만 하는 경유지였다. '나'에게 집이 영원한 종착지
가 될 수 없는 까닭이 있다면 그것은 가족 때문이었다.
엄마와 언니를 향한 '나'의 감정은 가족 간의 애틋한 사
랑이 아니라 자기혐오적인 것에 가깝다. 이해할 수 없
는 사랑을 포기하지 못하는 엄마의 미련함이나 방 안에

틀어박혀 자기 세상 안에 갇혀 있는 언니의 고집스러움
은 그들만의 것이 아니다. 그건 분명 '나'에게도 있는 모
습들이다. 그런 장면을 마주할 때마다 화자가 느끼는 건
심각한 갈증이다. 녹색 갈증이 아닌 아무리 물을 마셔도
해소되지 않는 실제적인 목마름은 집으로 돌아가고부
터 내내 '나'를 지배하는 감각이다. 그럴 때마다 물을 마
시는 탓에 자주 요의를 느끼는 건 당연한 결과다. 문제
는 요의를 해결한 뒤에도 끝나지 않는 잔뇨로 이어진다
는 점이다. '나'는 잔뇨를 기다리며 엄마와 언니 그리고
자신에게 결핍되어 있는 것을 떠올려본다. 우리 안에서
빠져나간 것들, "다르게 보면 다르지만 또 비슷하게 보
면 비슷한 것"(97쪽), 그것은 큰 범주에서는 결국 사랑이
라고 이름 붙일 수 있는 존재였다.

깨달음 이후에는 늘 그래왔던 것처럼 다시 떠나
야만 한다. "두 사람이 사는 꼴을 지켜보고 있으면 정의
내릴 수 없는 역한 기분이 밀려"(110쪽)드는 까닭은 결
국 그들이 '나'와 닮았기 때문이라는 걸 인정하고 싶지
않았으니까. 자기 자신을 똑바로 바라볼 수 없어서 다
른 사람도 온전히 사랑할 수 없는 '나'는 집으로부터, 그
리고 자신과 다르지 않은 엄마와 언니로부터 벗어나고

자 한다. "아무도 없는 곳에서 새로운 시작"(111쪽)을 하
는 건 지금까지 그가 해왔던 최선의 선택이었으므로,
그다지 어려운 일은 아니었다. 그런데 그때, 윤조가 다
시 나타난 건 왜였을까. 이전처럼 꿈을 신호로 윤조를
부르지도, 산으로 가는 법을 통해 낯선 공간에서 만난
것도 아니었는데. 어째서 윤조는 그 오랜 시간을 건너
지금 이곳에 나타날 수 있었던 걸까. 윤조의 세계도 아
닌, '나'의 세계인 이곳에. 윤조와의 만남은 늘 '나'로부
터 시작되었으니 지금의 윤조 역시 그러할 텐데, 언제
부터 은밀한 부름이 시작되었던 걸까. 돌아보면 '나'의
갈증과 빈뇨 감각은 단지 엄마와 언니에 대한 감정에서
비롯된 것만은 아니었다. 빈뇨 감각에 대한 '나'의 묘사
는 "밀려드는 파도"(99쪽)와 같은 "문장"으로 표현되고
있으니 말이다.

　　　　　거짓이다. 내가 지어낸 문장들은 아저씨가 할
것 같은 말이 아니었다. 그렇다고 내가 엄마에게 하고
싶은 말인가 생각했으나 그것도 아니었고, 그저 경미라
는 인물을 빌려 나의 망상을 잇는 문장에 불과했다. 금
방 또 소변이 마려웠으나 다리를 꼬았다. 화장실에 가면

자꾸만 마려워졌으므로 참을 수 있을 때까지 모았다가 한 번에 내보내는 게 효율적이었다. 소변을 참는 동안에도 나는 손가락을 멈추지 않았다. 밀려드는 파도처럼 문장은 끝도 없이 이어졌다. 이것까지만 맞아야지. 이것까지만. 하지만 파도는 한 개, 두 개 나누어져 있다고 볼 수 없고 내가 그 끝을 선택할 수도 없었다. (98~99쪽)

경미라는 인물을 빌려 망상을 이어나갈 때 밀려드는 파도와 같은 문장들은 과거 윤조가 알려준 대로 산으로 갈 때 들려오던 파도 소리와 유사하다. 그렇기에 "그 끝을 선택할 수도 없었다"는 말처럼 '나'의 요의는 속수무책으로 맞을 수밖에 없는 문장으로 자연스럽게 치환된다. 그리고 자기혐오적인 감정을 분출할 수 있고, 현실도피를 할 수 있던 수단인 글쓰기에 대한 갈증과 여과되지 않은 쓰기의 욕망들은 요의와 겹쳐 더욱 강한 인상을 남긴다. 어쩌면 윤조와의 재회는 이때부터 예견되었던 것일지도 모른다. 우리가 눈치채지 못하는 사이, 밀려드는 파도와 같은 문장 사이에서 윤조는 다시 형체를 얻는다.

그런데 윤조와의 재회는 적어도 '나'가 원하던

방식은 아니었을 것이다. 윤조와 함께 있으면 편안하고 살아 있음을 느꼈던 과거와 달리 지금 윤조와의 만남은 어딘가 어색하다. 그사이 세월이 흘렀기 때문일까. 그보다는 존재의 자리에 대한 괴리가 컸다. 지금까지 윤조와의 만남은 화자가 만들어낸 소설 속에서 이루어졌다. 윤조의 세계였으나 '나'에 의해 지배되었던 세계 안에서 그들은 아름답게 조우했다. 그러나 지금 윤조가 나타난 곳은 소설 바깥의 현실이다. 아니, 정말 그런가? 절대로 윤조를 알 리 없는 엄마와 언니이지만 마치 원래 알고 있던 것처럼 그들은 잘 어울린다. 게다가 윤조는 가족 구성원으로서 화자가 수행하지 못한 역할을 척척 잘 해낸다. 엄마의 살가운 딸 또는 언니의 다정한 동생 역할을 '나'가 아니라 윤조가 수행한다. 이에 '나'는 "보석함에서 기어 나온 게 윤조가 아니라 나인 것만 같"(116쪽)은 기분에 휩싸인다. 윤조가 내가 쓴 소설의 등장인물이 아니라, 윤조가 쓴 소설에 자신이 등장하는 것만 같은 느낌을 지울 수가 없는 것이다.

쓰기에 대한 갈증에 시달려왔음에도 화자가 윤조의 등장을 일종의 침입으로 여기는 까닭은 그동안 자신이 써왔던 윤조의 이야기와 현실이 다른 방향으로 흐르고 있기 때문이다. 그러니까 이것은 '나'가 예상을 벗어나는 전개였다. "윤조가 속한 곳에서 이렇게 말도 안되는 해피 엔딩이 이어지는 게 이해되지 않았다"(122쪽)는 말처럼 지금까지 윤조의 이야기는 한 번도 행복한 적이 없었다. 쓰는 이도 몰랐던 텅 빈 시간을 메꾸려는 시도로 가늠해보는 윤조의 과거 역시 그랬다. "할머니가 돌아가신 후 원룸으로 거처를 옮긴 윤조. 마트에서 일하면서 동료 아주머니들과 친해진 윤조. 울고 웃는 것을 제 마음대로 할 수 있게 된 윤조. 퇴근길, 오랜 시간에 걸쳐 화분을 고르고 사는 윤조. 어느 날 화분을 던지는 윤조. 깨진 화분을 쓸어 담는 윤조. 화분처럼 기분을 고르게 된 윤조."(120쪽) 몇 개의 문장으로 정리된 윤조의 지난날에도 '나'는 조금의 행복도 선사하지 않는다. 내가 알고 있는 윤조와 지금의 현실에 대한 부조화는 결국 "나 자신에 대한 생각으로"(127쪽) 이어진다. 그간 윤조를 불행에 빠뜨렸던 건 다른 누구도 아닌 자신이었으므로. "소설 속 어린 윤조에게 각종 불행한 상황을 던져둔 뒤에 혼자만 빠져나왔"(128쪽)다는 건 '나'의 불안의 이유이기도 하다. 그런데 쓰는 이로서는 윤조를 그러한 상황에 몰아넣을 수밖에 없던 나름의 이유가 있었다. "더 단단하고 예쁘게 만들려고 손을 댈수록 한순간에 녹아 버리는 장면들"이 있었기 때문이다. 『설탕으로 만든 사람』의 그려진 적 없는 결말처럼 말이다.

아니카 에스테를의 『설탕으로 만든 사람』(비룡소, 2000)은 그리스의 옛이야기가 담긴 그림책으로 『녹색 갈증』에서 여러 번 언급되고 있다. 마음에 드는 사람이 없어 직접 설탕으로 세상에서 아름다운 사람을 빚은 공주가 나오는 이야기다. 『설탕으로 만든 사람』이 피그말리온 신화와 다른 점은 사랑을 내세운 일방적인 소유와 지배의 관계로 끝나는 것이 아니라 공주와 설탕으로 만든 사람이 진정한 사랑의 관계로 발전하기 위해 시련을 겪는다는 점이다. 설탕으로 만든 사람을 빼앗기고 그를 되찾기 위한 공주의 여행담 또한 그림책의 한 부분이다. 시련을 겪은 뒤에야 공주와 설탕으로 만든 사람은 비로소 행복해진다. 그런데 이 이야기의 결말을 두고 '나'는 "내가 작가였다면 설탕으로 만든 사람이 녹아 사라지는 것으로 결말을 맺었을 것"(50쪽)이라고 말한 적이 있다. 아무리 생각해도 "녹거나 녹이거나 녹는 척 자기 존재를 감추는 것 외에 다른 결말은 생각나지 않"는 까닭은 '나'에게 실패에 대한 두려움이 있기 때문이다. 세상에서 가장 아름다운 사람을 빚어내듯, 가장 행복한 장면을 그려내듯 예쁘게 만지고 싶지만, 자칫하다 녹아버리진 않을까 하는 불안한 마음이 선행하는 것이다. 이 마음 때문에 '나'는 늘 실패로 인해 실망하기 전 자신의 손으로 녹여버리는 의도된 불행을 선택하고 말았다. 그러나 지금의 윤조에게는 결코 같은 선택을 할 수 없다. '나'와 윤조의 이야기는 그리스의 옛이야기처럼 공주와 설탕으로 만든 사람의 이야기 꼴을 하고 있으며, '나'에게는 더 이상 윤조를 녹여버릴 수 있는 권한 같은 건 없으므로. 그때의 윤조와 지금의 윤조가 다르듯, 그때의 '나'와 지금의 '나' 역시 다를 수밖에 없다. 그토록 마음에 들지 않던 『설탕으로 만든 사람』의 결말은 '나'에게서 답습된다. 공주가 설탕으로 만든 사람을 찾아 나서는 고행의 길은 이 소설에서 '나'가 산에 두고 온 윤조를 찾아 나서는 여정으로 나타난다.

그런데 어떤 길을 되돌아간다는 건 지금껏 '나'에게는 없던 선택지였다. "나는 내가 예상한 방향으로 미끄러져 왔다. 그건 아무리 걸어도 앞으로 나아가지 않는 긴 복도를 홀로 걷는 것과 비슷했다"(141쪽)는 말처럼 '나'는 오래도록 제자리걸음을 했고, 그 걸음은 절대로 예상을 벗어나지 않았다. '나'의 통제 아래 있던 윤조 역시 과거에는 그랬을 것이다. 하지만 '나'의 예상을 벗어난 윤조를 마주한 지금, '나'는 지루했던 경로를 이탈하여 되돌아가기를 택한다. 이는 미뤄두었던 윤조와의 완전한 재회에 대한 선택이며 제 손으로 녹여버린 장면에 대한 다시 쓰기의 결심이다. '나'는 이제야 윤조의 불행이 아니라 윤조 그 자체만을 궁금해할 수 있게 되었다. "경계 없이 정말로 활짝 웃는 표정의 윤조. 그런 건 생각해본 적 없는데 만약에 활짝 웃는다면 얼굴에 깔린 크고 작은 점들도 같이 움직이겠지. 윤조는 어떻게 그 지난하고 재미없는 삶을 견뎠을까. 여전히 여름 과일을 좋아할까."(142쪽) 윤조를 마주하지 않고서는, 윤조에게 묻지 않고서는 알 수 없는 물음을 품은 채.

땀을 많이 흘렸기 때문일까. 무언가 해낸 것만 같은 착각이 들었다. 이 산은 윤조 그 자체라는 확신. 윤조를 찾는 일은 이제 그만둘 수 있을 것도 같았으나 그래서는 안 될 것 같았다. 오래도록 걷는 건 땀이 나고 힘들지만 생각보다는 재미있었다. 걷다 보면 윤조가 은근슬쩍 메아리를 통해 자신의 위치를 알려줄지도 모르

고. 오늘은 조금만 더 이곳을 헤매고, 내일은 윤조에게
갈 것이다. 딱히 해줄 수 있는 건 없지만 손톱을 깎아줄
수는 있지 않을까. 윤조의 손톱을 깎아주는 사람이라는
수식은 길어서 꽤 마음에 들어. 어떤 사람의 손톱은 아
주 아주 느리게 자랐다. 나는 그 속도를 이해해야 했다.
양말을 벗어볼까 하다가 공원에서 봤던 사람들처럼 뒤
로 걸어보았다. 뒤로 걷기는 쉬웠다. 뒷걸음질 치는 건
내 특기니까. 뒤로. 더 뒤로. (144~145쪽)

　"뒤로. 더 뒤로." 뒷걸음질 치며 닿은 곳은 윤조
네 집이다. 「프롤로그」의 마지막 장면, 할머니의 유품
을 정리하던 날이자 '나'의 소설의 마지막 페이지이기
도 한 그곳. 화자가 마지막으로 윤조를 두고 나온 곳이
자 윤조를 다시 만날 수밖에 없는, 무언가 다시 쓰여야
한다면 시작되어야 하는 자리였다. 그 페이지에서 '나'
는 윤조와 완전히 재회한다. 소설은 '나'와 윤조가 함께
보석함을 열어보는 것으로 끝이 난다. 보석함 안에는
아무것도 들어 있지 않고, 보석함 안에는 또 다른 보석
함이, 그 안에는 또 다른 보석함이 들어 있다. 어느 때는
잔뜩 녹이 슨 열쇠가 들어 있고, 어느 때는 아무리 힘을

주어도 잘 열리지 않는다. 또 다른 때에는 "손을 대지 않아도 저절로 입을 벌린 채 새로운 욕이나 이상한 이야기"(148쪽)가 흘러나올 수도 있다. 무엇이라도 담을 수 있고, 무엇이라도 나올 수 있는 가능성 그 자체로 '나'의 뒷장은 아직 쓰이지 않았다. 다시 한번, 『설탕으로 만든 사람』의 결말이 그러하듯 '나'는 이제 윤조를 멋대로 통제하거나 소유하지 않는다. '나'와 다르고 또 '나'와 같은 윤조를 통해 '나'는 자신을 들여다볼 수 있게 되었다. 그래서일까? 무심코 지나쳤던 명의 마지막 말 역시 지금에야 비로소 이해할 수 있게 되는 것이다. "이건 기억해야 할 거야. 너도 그 이야기 속에 있다는 거."(73쪽) 이제 '나'는 누구보다 그 사실을 잘 알고 있다.

트리플 13

녹색 갈증
© 최미래, 2022

초판 1쇄 발행일 2022년 6월 20일
초판 2쇄 발행일 2024년 7월 26일

지은이 · 최미래

펴낸이 · 정은영
펴낸곳 · (주)자음과모음
출판등록 · 2001년 11월 28일
　　　　제2001 - 000259호
주소 · 경기도 파주시 회동길 325-20
전화 · 편집부 02) 324-2347
　　　경영지원부 02) 325-6047
팩스 · 편집부 02) 324-2348
　　　경영지원부 02) 2648-1311
이메일 · munhak@jamobook.com

잘못된 책은 교환해드립니다.
저자와의 협의하에 인지는 붙이지
않습니다.

ISBN 978-89-544-4833-8 (04810)
　　　 978-89-544-4632-7 (세트)